KB055711

Taming Master
테이밍 마스터

테이밍 마스터 29

2018년 7월 16일 초판 1쇄 인쇄
2018년 7월 19일 초판 1쇄 발행

지은이 박태석
발행인 이종주

기획 팀 이기헌 왕소현 박경무 이승제
책임 편집 최이슬

발행처 (주)로크미디어
출판등록 2003년 3월 24일
주소 서울시 마포구 성암로 330 DMC첨단산업센터 3층 318호, 319호
Tel (02)3273-5135 **Fax** (02)3273-5134
홈페이지 rokmedia.com **E-mail** rokmedia@empas.com

값 8,000원

ISBN 979-11-294-7037-9 (29권)
ISBN 979-11-5960-986-2 04810 (세트)

29

Taming Master

| 박태석 게임 판타지 장편소설 |

테이밍마스터

CONTENTS

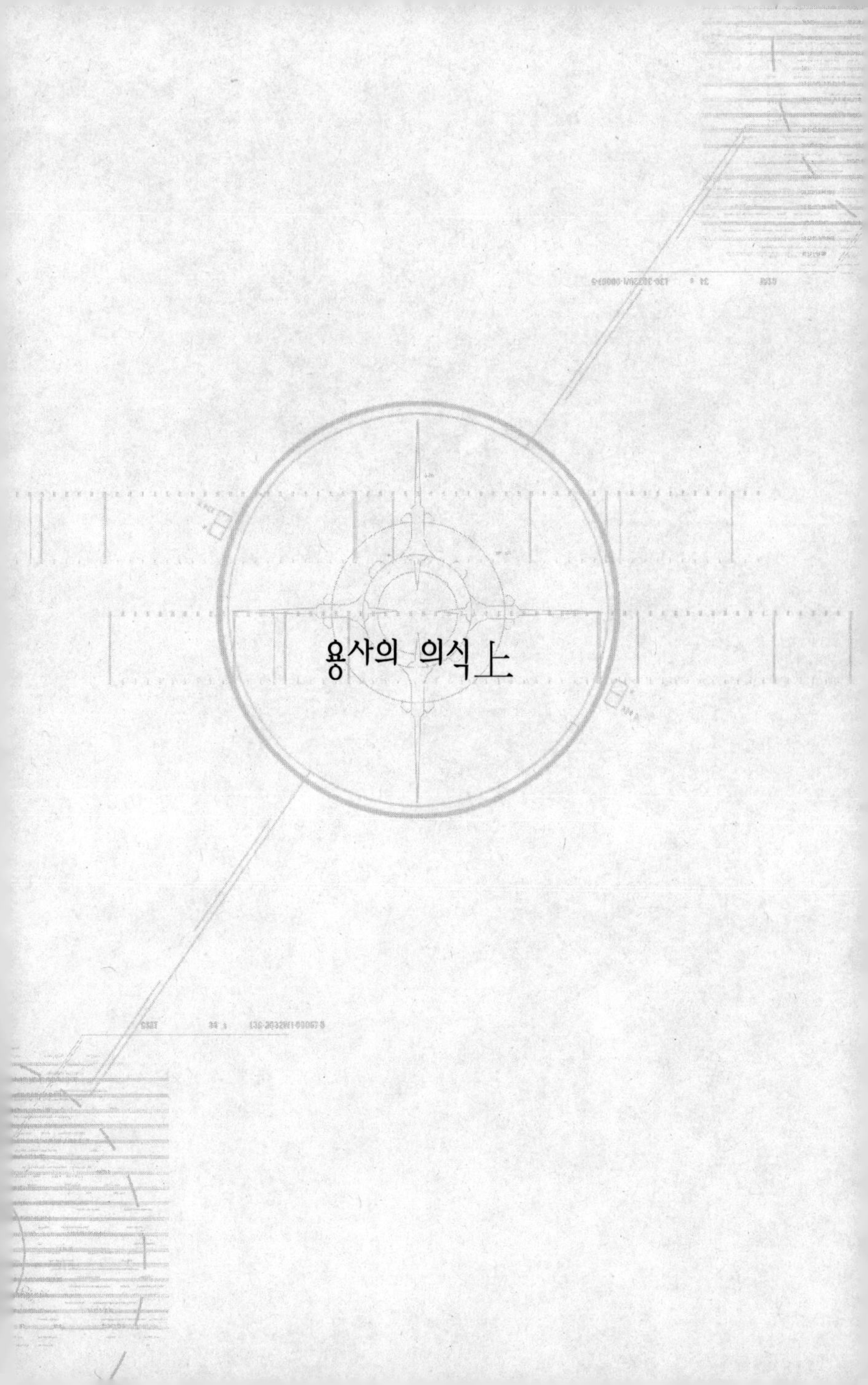

용사의 의식上

Taming
Master

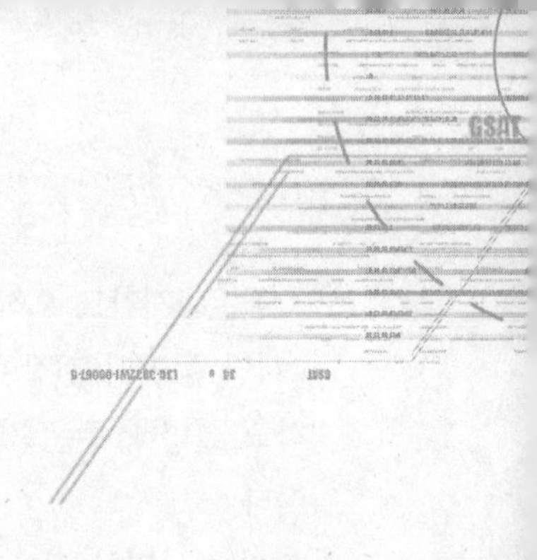

금요일의 요일 전장, '용사의 깃발' 전장이 막을 내렸다.

지금껏 있었던 모든 요일 전장을 통틀어 가장 압도적인 차이로 천군이 승리하면서 말이다.

맥시멈 플레이 타임인 3시간 중 고작 2시간 만에 결판이 나 버린 이번 깃발 전장.

때문에 용맹의 깃발 전장을 방영하던 세계 각국의 방송사들은 당황할 수밖에 없었다.

금요일 요일 전장 방송 시간으로 거의 4시간을 잡아 놨는데 2시간 만에 전투가 끝나 버렸으니, 시간이 너무 많이 비게 된 것이다.

하지만 당황도 잠시.

그들은 4시간도 오히려 짧다는 것을 금방 느낄 수 있었다.

2시간 동안의 전장에서 나온 하이라이트 영상을 다시 재생하고 설명해 주는 것만으로 시간은 훌쩍 지나가 버렸으니 말이다.

그리고 당연한 이야기겠지만, 거의 모든 하이라이트 영상에는 이안의 모습이 등장했다.

마치 순한 양떼를 습격한 한 마리 사나운 늑대처럼, 마군 진영을 헤집고 다니며 몽둥이를 휘둘러 대는 이안의 모습은 전 세계 카일란 유저들에게 충격으로 다가왔다.

─이건…… '혼모노'다. 사스가 이안……!

─이쯤 되면 이안이 빼박 세계 랭킹 1위인 건 인정해야 되는 부분 아님?

─물론 이안이 대단하긴 하지만, 이번 전장에 진짜 랭커들이 너무 많이 빠져 있었음. 난 아직 랭킹 1위 운운은 성급하다 봄.

─위 님 말씀도 일리가 있음. 선두 그룹 대부분이 메인퀘 한다고 요일 전장 참전도 못 했는데……. 여기서 양학했다고 세계 랭킹 1위 논하는 건 무리가 있을 듯.

─하……. 방송은 보고 말씀들 하는 건지 모르겠네. 혹시 이안이 몇 킬 했는지는 알고 얘기하는 건지? 마계 랭킹 1위 카이가 온다고 저렇게 할 수 있을 것 같음?

─글쎄. 이안이 들고 있던 그 사기 템만 쥐어 주면, 카이도 충분히 400킬 가능할 거라 보는데.

—이 친구, 너무 쉽게 말하는 경향이 있네. 내가 400킬이 얼마나 미친 성적인지 다시 한 번 알려 줄게.

—……?

—이번 깃발 전장 러닝 타임 정확히 134분 50초였고, 이안이 올린 킬은 395킬이야. 이안은 전장이 열려 있는 2시간 14분 동안, 분당 거의 3킬을 해낸 미친놈이라고.

—그것도 세계 각국 상위 1퍼센트들만 상대로 말이지.

방송이 진행되는 중에도, 방송이 끝난 이후에도 전 세계 카일란 커뮤니티에서는 이안에 관한 논쟁이 끝없이 이어졌다.

그리고 그 논쟁들은 이번 전장에 참전했었다는 한 해외 서버 유저의 발언으로 인해 더 크게 불타오르기 시작했다.

—이안이 강했던 이유는 단지 무기 때문이 아니었다. 우리는 대부분 전투병이거나 정예병이었던 반면, 어떻게 된 일인지 그는 이미 '용사' 계급을 달고 있었다.

용사 계급이 되기 위해 필요한 공헌도는 10만.

그리고 현재 가장 선두를 달리고 있는 랭커들의 달성 공헌도는 3만을 갓 넘은 수준.

이러한 상황에서 나온, 이안이 이미 '용사'라는 떡밥은, 어마어마한 파급력을 가질 수밖에 없었던 것이다.

-이건 또 대체 무슨 소리임? 이안이 용사라고?

-헐, 그래서 그렇게 강했던 건가?

-말도 안 되는 소리! 내가 이안이 착용한 투구랑 망토를 아는데, 그거 정예병 등급 아이템이었어. 이안이 용사 계급이었다면, 뭐라도 용사 템을 끼고 나왔어야 맞겠지.

-그럼 이안이 들고 있던 몽둥이는? 그게 용사 템 아닐까?

-글쎄. 그 몽둥이가 뭔지는 모르겠지만, 난 아무리 생각해도 용사 계급 달고 정예병 템을 착용할 이유는 없다고 생각하는데.

용사의 마을에서, 유저의 계급을 겉으로 알 수 있는 방법은 오직 아이템뿐이다.

해당 계급이 되어야 착용 가능한 아이템이 따로 있었기 때문에, 착용 중인 아이템을 보고 계급을 유추해 볼 수 있는 것이다.

그런데 이번 전장에서 이안은 거의 정예병 등급의 장비들을 착용하고 나왔다.

이안으로서는 일반 공격 대미지를 극대화시키기 위해 어쩔 수 없이한 단계 아래의 장비들을 착용했던 것이지만, 다른 유저들은 오해할 수밖에 없는 상황인 것이다.

그렇다면 이안이 용사 계급이었다고 발언한 해외 랭커의 근거는 무엇이었을까?

그것은 다름 아닌 시스템 메시지였다.

그는 깃발 전장에서 이안의 손에 두 번이나 사망한 마계 진영의 유저였고, 이안에게 피격당한 순간 떠오른 시스템 메시지에서 그의 계급을 확인할 수 있었던 것이다.

–천군 진영의 용사 '이안'으로부터, 강력한 피해를 입었습니다!

난전 중인 데다 수없이 많은 메시지들이 지나가던 탓에 전투가 진행되던 중에는 긴가민가하였지만, 전투가 끝나고 시스템 로그를 확인해 보니 명확히 알 수 있었다는 것.

그리고 이어진 다른 마계 유저들의 발언으로 인해 이안이 용사 등급이라는 것은 기정사실화되었다.

–미친……. 혼탁하다, 혼탁해. 이안, 무슨 치트키라도 쓴 거임?

–대체 공헌도 10만은 어떻게 채운 거지? 아니, 그전에 그렇게 압도적인 공헌도를 갖고 있는데 어째서 공헌도 랭킹에는 이름이 없는 거야?

–LB사에서 랭킹 차트에 이안만 빼 버린 것 아닐까요?

–대체 왜?

–버그라고 항의 전화 올까 봐…….

–오, 그럴싸하다.

그리고 상황이 이쯤 되자, LB사의 고객 상담실 전화기는 다시 불이 나기 시작했다.

이안이 들고 있던 무기가 버그 템이 아니냐는 이야기부터 시작해서 현재 이안의 공헌도와 계급을 공개해 달라는 이야기까지.

물론 상담실에서는 '모두 정상적인 플레이이며, 아무런 문제가 없다, 정책상 유저 개인의 정보를 공개할 수는 없다'는 이야기만 반복했지만 말이다.

그리고 또 한 명.

이 논란 속에, 어마어마한 배신감(?)을 느낀 유저가 있었다.

"하아, 이거 실화? 이안 형이 이미 용사 계급이라고?"

그는 바로, 오늘도 기분 좋게 타워 디펜스(?)를 완수하고 공헌도를 쌓은 훈이.

아직도 천군진영의 공헌도 랭킹 1위인 것을 확인하고, 흡족해하며 게임에서 로그아웃했던 훈이는 카일란 공식 커뮤니티에 도배되다시피 되어 있는 이안과 관련된 이야기들을 확인하고는, 한참을 멍한 표정으로 모니터 앞에 앉아 있을 수밖에 없었다.

한편. 세계적으로 카일란 커뮤니티들이 시끄러운 가운데, 세상 누구보다도 태평한 남자가 한 명 있었으니…….

"흐음, 이 정도면 연습은 충분히 된 것 같고……. 이제 용사의 의식에 도전할 준비를 한번 해 볼까?"

그는 바로, 용맹의 깃발 전장을 캐리한 후 유유히 사라진 이안이었다.

"이 정도 영웅 점수면, 용사 템으로 옵션 세팅도 충분히 가능하겠어."

깃발 전장이 끝난 후 이안에게 남은 것은, 어마어마한 양의 영웅 점수였다.

공헌도을 획득하지 못한 대신 남들은 1천 포인트도 모으기 힘든 영웅 점수를 몇만 단위로 모아 버렸으니, 이것으로 용사 계급의 아이템을 무한 매입하여 필요한 옵션이 뜰 때까지 제작 노가다를 다시 할 수 있게 된 것이다.

정예병 계급의 아이템들로 옵션 노가다를 하는 데에 7~8천 정도의 영웅 점수가 깨졌으니, 9만 정도의 영웅 점수가 있는 지금, 충분히 용사 계급 아이템으로도 무한 노가다가 가능할 터.

신이 난 이안은, 마을의 각종 장비 상점에 들러 무한 쇼핑을 시작하였다.

"아저씨, 여기부터 저기까지 싹 다 주세요."

"응? 자네, 이거 다 용사 계급 아이템인 건 알고 하는 말인가?"

"물론이죠."

"용사 계급 아이템들은, 한 파츠당 거의 영웅 점수 1천 포인트는 필요하다네. 자네가 말한 대로 다 사면 1만 포인트도 넘게 있어야 하는데…….”

“반대편 진열대까지 다 살 거니까. 일단 계산부터 좀 해 주시면 안 될까요?”

“헉……! 아, 알았네.”

―‘황금 깃장 투구’ 아이템을 구입하셨습니다.

―영웅 점수 1,080을 소모하였습니다.

―‘차우거의 골판 장갑’ 아이템을 구입하셨습니다.

―영웅 점수 950을 소모하였습니다.

―‘천룡비늘 흉갑’ 아이템을 구입하셨습니다.

―영웅 점수 1,150을 소모하였습니다.

……후략……

마치 로또를 연속해서 열 번 정도 맞은 벼락부자처럼 상점에 있는 용사 계급 아이템을 싹 다 쓸어 담는 이안!

‘흐흐, 이거 싹 다 분해해서 노가다하면, 내 전설검에 어울리는 장비들로 풀 세팅이 가능하겠지.’

인벤토리가 터져나갈 정도로 아이템을 매입한 이안은, 곧바로 티버의 대장간으로 향하였다.

이제 파밍이 끝났으니, 또다시 노가다의 시간이었다.

“티버, 저 왔습니다.”

“오, 이안! 그렇지 않아도 방금, 자네의 소식을 들었다네.”

“제 소식요? 어떤 소식인데요?”

"어떤 소식이긴. 방금 세이카림 장군께서 자네의 활약을 입에 침이 마르도록 칭찬하고 가셨어."

"오호, 그래요……?"

"내가 만들어 준 '이안의 검'의 성능이 괜찮았나 보지?"

"물론이죠. 이거, 역시 전설이라는 이름이 아깝지 않은 물건이었어요."

"크, 자네에게 그런 말을 들으니, 엄청 뿌듯하구먼."

티버와 가볍게 인사를 나눈 이안은, 항상 전세 놓은 듯 쓰던 구석의 모루에 다가가 인벤토리를 풀어놓기 시작하였다.

그리고 그 모습을 구경하던 티버는 혀를 내두를 수밖에 없었다.

"자네, 대체 또 뭘 만들려고 그러는 겐가?"

"티버 님이 만들어 주신 검에 어울리는 장비들을 만들고 싶어서요."

"오호?"

"이런 멋진 검을 들고 전투를 해 보니, 지금까지 제가 갖고 있던 장비들이 너무 비루해 보이더라고요."

"크하핫! 자네는 역시, 내 실력을 알아봐 주는군."

여느때처럼 능숙하게 이어지는 이안의 아부에, 입이 함지박만 하게 벌어진 티버.

그런 티버를, 이안은 더욱 집요하게 공략(?)하기 시작하였다.

"그래서 말인데요, 티버."

"음?"

"혹시 절 좀 도와주실 생각 없습니까?"

"도와 달라?"

"아무래도 제 실력만으로는, 티버가 만들어 주신 검에 어울리는 장비들을 만들어 낼 수 없을 것 같거든요."

"허허, 이 사람이 겸손은……. 자네의 망치질 실력도 이제 충분히 수준급이라네."

"아닙니다, 티버. 아직 제 실력은 티버의 발끝도 따라가기 힘들죠."

이안의 계속되는 아부에 양쪽 입꼬리가 아예 귀에 걸려 버린 티버!

그리고 이안의 마지막 한 방에, 결국 티버는 넘어가고야 말았다.

"부탁드립니다, 티버. 티버라면 전설의 검뿐 아니라 전설의 갑주도 완성하실 수 있을 거라 믿습니다."

"전설의 갑주! 그래, 그런 물건을 만들려면, 확실히 내 도움이 필요하기는 하겠지."

그렇지 않아도 이안이 가지고 온 수많은 장비들에 흥미가 동했던 티버는, 결국 대장간의 문을 걸어 잠그고 말았다.

함께 전설의 갑주를 만들어 보자는 이안의 떡밥을 덥석 물고 만 것이다.

그리고 이안의 무한 노가다 열차에 탑승한 티버는 밤새 망치질을 멈출 수 없었다.

딱히 이안이 강제한 것은 아니지만, 망치질을 멈추지 않는 이안을 보며 경쟁심이 발동해 버렸기 때문이었다.

"후읍! 자, 어떤가, 이안. 이 정도면 정말 대단한 성능을 가진 갑주가 탄생한 것 같군."

"역시 티버! 그럼 이제 건틀릿을 만들어 보도록 하죠."

"허억, 허억! 이 정도면 건틀릿도 완성된 것 같네."

"좋습니다! 그럼 이제 부츠를……!"

그렇게 티버와 함께 밤새 노가다하여, 결국 모든 부위에 자신이 원하는 옵션을 만들어 낸 이안이었다.

"크으, 훌륭하군. 영웅 점수 9만을 싹 다 녹인 보람이 있어."

어느새 모루에 엎드린 채 잠에 빠진 티버를 뒤로한 채, 모든 장비를 착용한 이안은 어디론가 걸음을 옮기기 시작하였다.

이제 원하는 수준의 장비를 전부 맞췄으니 '용사의 의식'에 도전하기 위한 첫 번째 준비가 끝난 것.

이안은 두 번째 준비를 위해 '차원의 숲'으로 걸음을 재촉하였다.

용사의 의식에 도전하기 위한, 이안의 두 번째 준비.

그것은 다름 아닌, '레벨 업' 이었다.

'용사의 의식이라는 게 얼마나 어려울진 모르겠지만, 경쟁자가 있는 것도 아니니 할 수 있는 준비는 다 하고 도전하는 게 좋겠지.'

현재 이안의 초월 레벨은 15이다.

'용사' 계급이 되어 레벨 업 제한이 풀린 뒤, 몇 차례 사냥한 것만으로 금방 올린 레벨이 15레벨인 것이다.

이것은 초월 10레벨에 고정되어 있는 다른 유저들보다 무려 5레벨이나 높은 것이었으니, 이 또한 이안의 활약에 큰 기여를 했던 요소 중 하나였던 것.

물론 귀찮은 일이 벌어지길 원치 않는 이안이 레벨을 비공개로 해 두었기에 망정이지, 만약 이안이 레벨까지 공개로 한 채 요일 전장에 참여했었다면, 커뮤니티는 더욱 난리가 났을 것이다.

어쨌든 현재 중간계에 입성한 모든 유저들 중 유일하게 11레벨 이상으로 레벨 업이 가능한 이안.

그리고 아직까지 레벨 업에 소요되는 시간이 크게 길지 않았기 때문에, 이안은 며칠 정도를 활용하여 레벨 업 노가다에 시간을 투자해 볼 생각이었다.

"역시 사냥터는 중립 지역에서 찾아보는 게 좋으려나?"

현재 용사의 마을에서 갈 수 있는 필드들 중 가장 필드 레벨이 높은 곳은 '차원의 설원' 맵이었다.

마계 진영을 만날 수 있는 중립 지역임과 동시에 특정 조건을 충족한 게 아니라면 메인 퀘스트를 전부 클리어해야만 갈 수 있는 후발 콘텐츠이다 보니 필드에 등장하는 몬스터들의 평균 레벨이 가장 높을 수밖에 없는 것이다.

평균 레벨이 높다는 얘기는, 당연히 경험치도 가장 많이 준다는 이야기.

조금 아쉬운(?) 점은 중립 지역에서 만날 수 있는 마군들은 공헌도와 영웅 점수만을 드롭할 뿐, 경험치를 주지 않는다는 것이었다.

이것은 중립 지역에서의 부활 시스템을 레벨 업에 악용하지 못하도록 하기 위한 설정이었다.

중립 지역에서 마군에게 사망했을 시 공헌도를 소모하면 무한정 부활이 가능하게 해 둔 대신 마군들과의 전투에서는 경험치를 획득할 수 없도록 했으며, 중립 지역이라 하더라도 몬스터에게 사망한다면 다른 필드와 똑같이 데스 패널티를 적용하도록 만들어 놓은 것이다.

"마군 NPC나 유저들이 경험치도 주는 구조였으면 더 좋았을 텐데……. 마군 진영에서 몇 번 깽판 부리면 레벨이 쑥쑥 오를 것 같은데 말이지."

이안은 마군 유저들이 들었더라면 입에 거품을 물었을 이야기를 중얼거리며 '차원의 숲' 필드를 향해 이동하였다.

차원의 숲을 지나야 차원의 설원에 갈 수 있으니, 번거롭

더라도 어쩔 수 없는 일.

우우웅-!

그리고 차원의 숲에 들어선 이안은 곧바로 핀을 소환하여 숲을 가로지르며 이동하기 시작하였다.

이미 미니 맵에 설원으로 가는 좌표가 찍혀 있었으니 시간을 끌 이유는 전혀 없었다.

꾸룩- 꾸구국-!

빠르게 허공을 가르는 것이 기분 좋은지 밝은 울음소리를 내며 날개를 펄럭이는 핀.

그리고 그렇게 20여 분 정도를 날았을까?

타탓.

가볍게 핀의 등에서 뛰어내린 이안은 설원과 이어지는 포탈이 자리한 좌표를 향해 빠르게 걸음을 옮겼다.

그런데 잠시 후.

"……?"

설원으로 이어지는 결계에 도착한 이안은 살짝 당황한 표정이 되었다.

지난번까지만 해도 결계 앞을 막고 있던 푸른 기운들이, 말끔히 사라져 있었기 때문이다.

"나 말고 또 누군가가…… 여길 들어갔나 본데?"

결계가 완전히 열렸다는 사실은 누군가 관련 퀘스트를 클리어했다는 방증.

예상치 못했던 상황에, 이안은 흥미로운 표정이 되었다.

'후후, 누가 여길 들어갔으려나?'

씨익 웃은 이안은 망설임 없이 결계를 향해 걸음을 옮겼다.

그리고 다음 순간.

우웅-!

설원을 향해 들어간 이안의 신형이, 그대로 그 안쪽을 향해 빨려 들어갔다.

이안이 없던 이틀 사이.

중립 지역의 구도는 많이 변한 상황이었다.

아직까지 마군 진영과 천군 진영 사이에 대대적인 전면전이 일어난 것은 아니었지만, 이제 조금씩 소규모 분쟁이 일어나기 시작한 것이다.

각각 서쪽과 동쪽 끝에 포진해 있던 양 군의 본진도, 이제 제법 중앙을 향해 진출해 있었던 것.

때문에 설원에 진입한 이안은 이전과 달리 금세 천군 진영의 본진을 발견할 수 있었다.

'오호, 진영이 여기까지 나와 있어?'

그리고 천군의 진영을 발견한 김에 이안은 그들을 통해 정보를 좀 얻고자 하였다.

지난번 설원을 들쑤시고 다니며 몇몇 괜찮은 사냥터를 발견하긴 하였지만, 혹시나 더 좋은 사냥터나 던전에 대한 정보를, 천군 진영에서 얻을 수 있을지 몰랐으니 말이다.

천군 진영에 다가선 이안은 야영지의 정문을 지키고 있는 보초병들을 향해 은근한 목소리로 말을 걸었다.

"저기, 용사님. 혹시 뭐 하나 여쭤도 되겠습니까?"

그리고 공손하기 그지없는 이안의 말투에 보초병은 반색하며 대답하였다.

"오오, 이번에 깃발 전장에서 대단한 활약을 했다던 이안 용사님이시군요."

"저를 아십니까?"

"알다마다요. 이번 깃발 전장에 참전했던 동료들 사이에 소문이 쫙 퍼졌는걸요."

"아하, 그렇군요."

생각지 못했던 과한(?) 반응에, 멋쩍은 표정이 된 이안.

그런 그를 향해, 보초병이 다시 입을 열었다.

"그나저나 이안 님, 제게 궁금한 것이 무엇인지요."

"아, 그것이……."

이어서 이안은, 생각해 두었던 질문들을 하나씩 꺼내기 시작하였다.

그리고 잠자코 이안의 이야기를 듣던 보초병은, 이안의 말이 끝나자 고개를 끄덕이며 대답하였다.

"그러니까 지금, 이 설원 안에 강력한 몬스터들이 서식하는 곳을 찾고 계신다는 거군요?"

"뭐, 따지자면 그런 셈이네요."

"혹시 무슨 일로 찾으시는 건지 여쭤도 될까요?"

"아, 그야 레벨 업……. 아니, 진영에 조금이라도 보탬이 되기 위해서죠."

"역시 이안 용사님!"

"혹시 알고 계신 정보가 있으신가요?"

보초병은 이안을 존경(?)의 눈길로 바라보며, 가지고 있던 정보들을 하나둘 꺼내기 시작하였다.

하지만 그 정보들의 대부분은, 이안도 이미 알고 있었던 사실들.

'흐음…… 역시, 일반 보초병에게서 정보를 얻는 것에는 한계가 좀 있는 건가?'

하지만 이안이 실망하기 직전, 보초병의 입에서 흥미로운 이야기가 흘러나오기 시작했다.

"아, 그리고 이안 님."

"넵?"

"이건 제가 직접 확인한 정보는 아닌데요."

"말씀하세요."

"오늘 오전인가? 북동쪽에 있는 설산에서 '트라키오스'가 발견되었다는 얘기가 있었어요."

"트라키오스……요? 그게 뭐죠?"

"음……. 코뿔소를 닮은 몬스턴데요, 되게 희귀한 녀석들이거든요."

"……!"

"초식 몬스터인 주제에 엄청나게 사나워서, 주변에 움직이는 것만 보이면 닥치는대로 들이받는다는 녀석이죠."

"그, 그래요?"

"아까 오전에 정찰조로 나갔던 제 동료 하나도, 녀석의 뿔에 받혀서 거의 빈사 상태가 되어 돌아왔어요."

"엄청 강력한 녀석인가 보군요?"

"네. 물론 이안 님이라면 이겨 내실 수 있겠지만, 그래도 조심하시는 게 좋을 겁니다. 녀석들은 보통, 한 놈이 아니라 십수 마리가 무리 지어 생활하거든요."

이안은 '트라키오스'라는 몬스터에 대한 정보를 좀 더 캐어 보았지만, 딱히 이 이상의 정보가 나오지는 않았다.

애초에 차원의 숲에 서식하는 '챠우거'보다도 더 희귀한 녀석이라고 하니, 알려진 정보가 거의 없었던 것이다.

'챠우거보다는 확실히 강력할 것 같고, 어지간한 차원병사가 당해 낼 수 없다는 걸 보면, 레벨도 제법 높을 듯한데…….'

흥미가 동한 이안은 보초병에게 고마움을 표한 뒤, 그가 알려 준 좌표를 향해 곧바로 이동하기 시작하였다.

기왕 사냥으로 레벨을 올릴 것이라면, 새롭고 희귀한 몬스터를 사냥하는 편이 더 나은 것은 당연지사.

설산을 향해 움직이는 이안의 발걸음이 점점 더 빨라졌다.

"아니, 트라키오스라는 녀석들은 대체 어디에 있는 거야? 있는 건 맞아? 사기당한 거 아니야?"

"너 NPC가 사기 치는 거 본 적 있어?"

"아니."

"그러니까 그만 투덜거리고. 빨리 좀 찾아보기나 해."

"칫, 알겠어, 언니."

"천군 유저 중에는 여기 들어온 거 우리가 처음인 것 같은데……. 오늘 최대한 꿀 빨아 놔야 해. 우리가 결계 뚫어 놔서, 내일이면 유입되는 유저들이 제법 많아질 거라고."

차원의 설원, 북쪽 끝에 존재하는 커다란 설산.

온통 바위로 이뤄진 데다 만년설이 쌓여 험준하기 그지없는 이 설산에서, 두 명의 천군 유저가 분주히 움직이고 있었다.

소환술사인지, 날렵해 보이는 표범을 타고 있는 여성 유저와, 플라잉 마법으로 그녀의 주변에 둥둥 떠 있는 또 한 명의 여인.

두 사람의 정체는 다름 아닌 사라와 바네사였다.

"트라키오스 뿔 한 개 가져갈 때마다 공헌도 600이라고 했지?"

"그렇다니까."

"크으……! 열 개씩만 챙겨 가도 공헌도 6천인 거네?"

"그러니까 빨리 좀 찾아봐, 바네사. 소환수들 뒀다 뭐 할 거야? 싹 다 소환해서 뒤져 보자고."

"알겠어, 언니!"

어제 있었던 금요일의 요일전장에서 최상위권의 성적을 달성한 두 쌍둥이 자매는, 이제 거의 10위권에 근접하는 공헌도를 쌓은 상태였다.

현재 천군 진영 공헌도 랭킹 10위권의 커트라인이 4만 정도인데, 두 사람이 거의 그에 육박하고 있었던 것이다.

메인 퀘스트의 진척도 또한 그에 걸맞게 무척이나 빠른 두 사람이었지만, 결정적으로 그녀들이 순위를 뚫고 올라간 데에는 콜드게임으로 인해 두 배로 뻥튀기 된 공헌도가 지대한 영향을 미쳤다고 할 수 있었다.

'게다가 운 좋게 에픽 퀘스트까지 얻어서 노다지에 입성했으니. 이대로 5위권까지 달린다!'

설원에 있는 천군 야영지를 제대로 탐방(?)하지 않은 이안은 몰랐던 사실이지만, 야영지의 안에는 공헌도를 제법 얻을 수 있는 부수적인 퀘스트들이 많았다.

물론 마군 진영에 가서 깽판 한 번 놓는 걸로 몇만의 공헌도를 수급한 이안에게는 큰 의미 없는 것들이었지만 말이다.

그리고 두 자매가 '트라키오스'를 찾고 있는 이유 또한, 그 야영지에서 받은 서브 퀘스트 때문이었다.

야영지에는 몬스터를 처치하고 부산물을 가져오면 공헌도를 획득할 수 있는 상시 퀘스트들이 존재했는데, 현재 존재하는 퀘스트들 중 트라키오스 처치 퀘스트가 가장 많은 공헌도를 얻을 수 있었던 것이다.

어쨌든 그러한 이유로, 커다란 설산을 이 잡듯 뒤지기 시작한 쌍둥이 자매.

그런데 잠시 후.

사라의 귓전에, 마치 데자뷰 같은 대사가 흘러 들어왔다.

"언니, 언니!"

"응?"

"저기 좀 봐."

"……?"

"저기, 저 남자…… 이안 맞지?"

이안을 발견한 사라와 바네사는 두 눈이 휘둥그레졌다.

결계를 해제한 것이 그녀들이었으니, 따로 최초 발견 보상이 뜨지 않았어도 자신들이 가장 먼저 설원에 입장했다고 생각하고 있었던 것이다.

시간상 이안이 여기에 있으려면 그녀들이 입장한 직후에 곧바로 들어왔어야 하는데, 사정을 정확히 모르는 그녀들의 입장에선 억울할 수밖에 없는 노릇이었다.

"우씨, 우린 퀘스트 깨느라 생고생을 했는데……. 이안 재는 우리가 결계 열자마자 어떻게 알고 바로 들어왔담?"

"역시 콘텐츠 냄새 맡는 데는 귀신같은 녀석……."

게다가 그녀들의 눈에 띈 이안은 거대한 몬스터와 전투를 벌이는 중이었는데, 설상가상으로 그 몬스터들은 그녀들이 찾고 있던 희귀 몬스터인 '트라키오스'였다.

쿵- 쿵- 쿵-!

마치 코뿔소를 닮은 얼굴에, 빡빡이처럼 거대한 등딱지를 뒤집어쓴 특이한 외모.

게다가 어지간한 코끼리도 한 수 접어 줘야 할 만큼 거대한 몸집을 가진 트라키오스의 위용은 확실히 강력해 보이는 모습이었다.

그워어어-!

멀찍이서 이안과 트라키오스를 발견한 두 자매는 일단 그 자리에서 이안의 전투를 지켜보기로 했다.

"기왕 이렇게 된 거 멀리서 보면서 몬스터 패턴이나 파악하자, 언니."

"좋아. 저 무식한 뿔에 받혀 보며 싸우는 것보다 역시 패턴을 파악하는 편이 좋겠어."

"혹시 이안이 위험해지기라도 하면, 그때 도와주러 나가자고."

"그러자. 별로 그런 일이 벌어질 것 같진 않지만 말이야."

두 자매는, 아예 나무 덤불 사이에 숨어서 자리를 잡고 이안의 전투를 지켜보기 시작하였다.

그리고 둘의 얼굴에는 무척이나 흥미진진한 표정이 떠올라 있었다.

지금껏 이안이 벌이는 일들은 그녀들을 실망시킨 적이 없었으니 말이다.

"와, 저 몸집으로 저렇게 빠르게 돌진을 하네?"

"무슨 투우 경기라도 보는 것 같아."

하지만 그녀들의 전투 관전은 그리 오래 이어질 수 없었다.

꾸에에엑-!

두 사람이 자리를 잡고 본격적으로 관전을 시작하자마자, 이안과 싸우던 트라키오스가 괴성을 지르며 쓰러졌기 때문이다.

쿠웅-!

왜소한 인간에게 당해 쓰러졌다는 사실이 억울한 것인지, 처량한 울음소리와 함께 쓰러지는 트라키오스.

그리고 그것을 확인한 사라는, 곧바로 마법을 캐스팅하기 시작하였다.

"블링크!"

지난번처럼 이안이 사라져 버리기 전에, 그의 앞에 나타나기 위해서 블링크를 시전한 것이었다.

위이잉-!

그런데 다음 순간, 사라는 당황할 수밖에 없었다.

마법을 사용해 이안의 앞으로 이동하자 시커멓고 거대한 몽둥이가 그녀를 향해 날아들었으니 말이다.

갑자기 근처에서 울려 퍼지는 공명음에 이안이 반사적으로 검을 휘두른 것.

당황한 그녀는 재빨리 실드 마법을 발동시키며, 이안을 향해 소리쳤다.

"자, 잠깐! 난 적이 아니라고!"

쩌정- 쩡-!

물론 같은 진영에 속한 사라에게 대미지가 들어오지는 않았지만, 그 위협적인 공격을 마주하자 사라의 등줄기를 타고 식은땀이 흘러내렸다.

이어서 사라와 바네사를 발견한 이안은, 의아한 표정으로 입을 열었다.

"어, 너희들이 어떻게 여기에……?"

뒤늦게 소환수를 타고 다가온 바네사가, 입술을 삐죽 내밀며 대답하였다.

"그건 우리가 묻고 싶은 말이거든?"

트라키오스는 이안이 상상했던 것 이상으로 강력했다.

다른 것들은 다 차치하고 초월 레벨만 보아도 20레벨이 훌쩍 넘는 수준이었으니 말이다.

'운 좋게 한 마리만 따로 떨어져 있어서 쉽게 처치했지, 모여 있으면 제법 골치 아플 녀석들이야.'

거대한 등딱지를 가진 트라키오스는 그 외형에 어울리게 무척이나 단단한 몬스터였다.

다른 평범한 몬스터를 상대로는 2만 이상 박히던 이안의 평타 피해량이 이 트라키오스를 상대로는 네 자리 숫자를 넘지 못했으니 말이다.

한 마리를 처치하는 동안 이안이 띄운 가장 높은 피해량은, 고작(?) 9,400 정도.

게다가 생명력은 또 어찌나 많은지, 어림잡아도 30만 이상은 될 듯한 느낌이었다.

'이러니까 경험치를 이렇게 많이 주지. 한 마리 잡았을 뿐인데 3퍼센트가 오르다니.'

때문에 이안은 갈등에 빠졌다.

확실히 어마어마한 경험치를 주는 녀석이기는 하지만 그만큼 잡는 데 시간이 오래 걸렸으니, 사냥 효율이 나올는지 감이 잘 오지 않았기 때문이었다.

그도 그럴 것이 챠우거만 해도 칼질 한 방이면 골로 보낼 자신이 있었는데, 대여섯 마리 정도 잡으면 얼추 경험치가 비슷할 것 같았으니 말이다.

하지만 그런 이안의 고민은, 사라와 바네사를 만나자마자 바로 해결되었다.

혼자라면 쉽지 않을 트라키오스 사냥이지만, 이 두 자매를 잘만 활용(?)한다면 효율을 배 이상 늘릴 수 있을 것 같았으니 말이다.

"그러니까, 너희도 이 트라키오스를 잡으러 왔단 말이지?"

"그렇다니까?"

"필요한 건, 저 트라키오스의 뿔이고?"

"응, 맞아."

"흐음, 그렇단 말이지……."

그녀들의 상황을 들은 이안은 빠르게 머리를 굴리기 시작하였다.

'좋아, 딜을 한번 해 봐야겠어. 충분히 윈윈할 수 있는 상황이군.'

눈을 반짝이며 사라와 바네사를 한 번씩 응시한 이안은, 근처에 있던 바위에 털썩 걸터앉았다.

어떻게 하면 최상의 거래를 만들어 낼 수 있을지는, 머릿속에 이미 계산이 끝난 상태였다.

이안은 그녀들을 향해, 천천히 입을 열었다.

"그럼 둘이 먼저 사냥 좀 하고 있어 봐."

"으응? 이안 너는 사냥 안 해?"

"같이하는 거 아니었어?"

"난 잠깐 쉬면서 정비 좀 하려고."

"그……래?"

"트라키오스는 저 능선 넘어가면 많이 모여 있으니까, 먼저 가서 사냥하고 있어."

이안이 생각한 거래는 간단했다.

필요 없는 뿔은 전부 그녀들에게 넘겨주는 대신, 나머지 아이템들과 경험치를 혼자 독식하려는 것.

하지만 이 방향으로 시나리오가 흘러가려면 약간의 설계가 필요했기에, 이안은 두 자매를 먼저 사냥터로 보낸 것이다.

'일단 트라키오스가 얼마나 센지 겪어 보고 와야, 대화가 통하겠지.'

이안은 두 자매가 트라키오스를 잡지 못할 것이라는 생각은 하지 않았다.

사라도 사라지만 특히 바네사의 경우, 이안이 봐 온 랭커들 중에서도 최상급의 피지컬을 가지고 있었으니 말이다.

하지만 그것과 별개로, 사냥에 엄청나게 애를 먹을 것임은 확신하였다.

정예병 등급에서 아무리 좋은 아이템들로 무장해 봐야 괴물 같은 트라키오스의 방어력에는 1천 대미지도 넣기 힘들 테니 말이다.

이안은 두 자매를 보내기 전, 자존심을 살짝 건드려 주는 것도 잊지 않았다.

"뭐, 나 혼자서도 처치하는 몬스터를 둘이서 못 잡지는 않겠지?"

그리고 역시나, 발끈하는 두 자매였다.

"당연하지! 우릴 너무 물로 보는 거 아니야?"

"우리 둘이 싹 다 잡아 버리고 나서 후회나 하지 말라고."

씩씩거리며 트라키오스 무리를 향해 이동하기 시작하는 사라와 바네사.

그녀들의 뒷모습을 보는 이안의 입꼬리가 씨익 하고 말려 올라갔다.

'후후, 그렇게 센 척들 해 봐야 30분만 기다리면 이 자리로 돌아오겠지.'

그리고 이안의 그 예상은 역시 어김없이 맞아떨어졌다.

자리로 돌아온 것은 아니었지만 20분도 채 지나지 않아 바네사로부터 메시지가 날아온 것이다.

–바네사 : 저기 이안…….

–이안 : 응?

–바네사 : 혹시 정비는 아직 안 끝났어?

"뭐야, 나 도착하기 전에 다 쓸어 버리겠다더니 한 마리도

못 잡고 돌아온 거야?"

만나자마자 정곡을 찔러 버리는 이안의 물음에, 사라와 바네사는 순간 할 말을 잃고 말았다.

"아니, 그러니까 그게……."

"못 잡은 건 아니야!"

그에 반해 원하던 판을 까는 데 성공한 이안은, 여유로운 표정으로 싱글싱글 웃을 뿐이었다.

"못 잡은 게 아니면 뭔데?"

"녀석들 방어력이 너무 강해서, 잡는 데 조금 오래 걸리더라고."

"사라 언니 말이 맞아. 둘이 해도 잡을 수는 있었는데, 시간이 '조금' 오래 걸렸어."

"이안, 너도 어차피 트라키오스를 사냥하는 중이었다니까, 기왕 하는 거 같이하는 게 더 효율이 좋을 것 같아서 돌아왔지."

"맞아, 맞아! 우린 이안 널 끼워 주기 위해서 돌아온 거라고!"

두 자매는 거짓말을 한 것이 아니었다.

분명 계속 전투를 벌이다 보면 사냥 자체는 충분히 가능할 상황이었으니까.

다만 한 마리를 잡는 데, 1시간도 넘게 걸릴 것 같다는 게 문제였지만 말이다.

두 사람이 말하는 '조금'이라는 기준이 지극히 주관적이었다는 부분만 제외하면, 딱히 거짓을 말한 것은 아닌 것.

그리고 그러한 상황을 이미 예상한 이안은 느긋한 표정으로 두 자매의 제안을 살짝 튕겨 주었다.

"그으래? 단지 시간이 '조금' 더 걸리는 것뿐이란 말이지?"

"그래, 그렇다니까?"

"맞아!"

뜸을 들이는 이안과, 안절부절못하는 표정으로 그의 대답을 기다리는 사라와 바네사.

두 사람은 깨닫지 못하고 있었지만, 이미 그들은 부처님 손바닥 안에 들어온 손오공 신세나 다를 것이 없었다.

"그럼 그냥 난 따로 사냥할래."

"뭐?"

"대체 왜!"

"어차피 시간이 '조금' 더 걸리는 것뿐이라며."

"그렇기는 한데……."

"그럼 딱히 내 도움이 필요한 건 아니잖아?"

이안의 반문에, 두 사람은 할 말을 잃고 말았다.

마음 같아선 이안을 쿨 하게 보내 주고 싶었지만, 눈앞에 아른거리는 공헌도 때문에 쉽게 입이 떨어지지 않았기 때문이었다.

'이안이 딜 넣으면 10분에 한 마리도 잡을 것 같은데…….'

'으, 어떡하지? 저 얄미운 자식, 진짜 가 버릴 것 같은데?'

그리고 두 자매의 자존심은 마리당 600이라는 어마어마한 (?) 공헌도 앞에서 결국 무릎 꿇고 말았다.

"도와줘, 이안."

"그래, 도와줘……. 사실 조금이 아니라 우리끼린 좀 오래 걸린단 말이야……."

그리고 그제야 원하는 대답을 들은 이안은 엉덩이를 툴툴 털면서 자리에서 일어났다.

"흐음…… 내 도움이 필요하단 말이지?"

이어서 불쌍한 표정을 지은 채, 울며 겨자 먹기로 고개를 끄덕이는 두 자매.

"으응……."

"필요……해."

하지만 그렇다고 해서, 이안이 순순히 그녀들을 도와줄 리는 없었다.

"너희가 필요한 게 트라키오스의 뿔이라고 했지?"

이안의 물음에, 두 사람은 반색하며 다시 고개를 주억거렸다.

"맞아!"

"그게 필요해!"

그에 이안은, 씨익 웃으며 말을 이었다.

"그럼 뿔은 전부 너희한테 줄게."

"정말?"

"단!"

"……?"

"전투하는 동안에는, 전부 내 오더를 따라야 해."

"그거야 뭐……."

"그야 어렵지 않지."

뿔을 전부 넘겨주겠다는 말에, 환해진 얼굴로 동시에 대답하는 사라와 바네사.

하지만 바로 다음 순간, 그녀들의 환했던 얼굴은 다시 울상이 되어 버리고 말았다.

"그리고 또 하나."

"으응?"

"뿔 외에 나머지 아이템들은 전부 내 거야."

"저, 전부다?"

"그래, 전부 다."

그리고 그렇게 두 자매와 이안의 협상은 극적으로 타결되었다.

카일란에서 적에게 강력한 대미지를 입히기 위해서는 공격력도 중요하지만 민첩성도 무척이나 중요하다.

마치 현실에서처럼 공격의 정확도에 따라 대미지에 가중치가 생기기 때문이다.

거기에 더해서 '약점'을 정확히 공격해야 '치명타' 판정이 떠오르니 민첩성이 중요하지 않을 수 없는 것.

물론 지금의 이안처럼 세팅상 부족한 민첩성을 컨트롤로 어느 정도 커버할 수 있기는 했지만, 그것에도 당연히 한계는 있었다.

이안이 공격할 때마다 거의 100퍼센트 가깝게 뜨던 치명타가, 세팅을 바꾼 뒤로는 거의 보이질 않으니 말이다.

아무리 컨트롤이 좋아도 받쳐 주는 민첩성이 부족하다면, 약점에 정확한 타격을 집어넣는 것은 불가능한 것이다.

'하지만 도와주는 사람이 있다면 얘기가 다르겠지.'

최상급 클래스를 자랑하는 사라의 둔화 마법이 시전되자 트라키오스들의 움직임이 눈에 띄게 느려졌다.

반면에 스텟 버프를 받은 이안의 민첩성은 세팅을 바꾸기 이전의 80퍼센트 수준까지 복구되었다.

그리고 마지막으로 마법사 클래스가 가진 최강의 디버프 마법이 시전되자…….

우우웅-!

트라키오스 한 마리의 몸에 붉은 빛이 쏟아져 들어갔다.

띠링-!

-파티원 '사라'의 마법 '무장 해제'가 발동합니다.

-'트라키오스'의 모든 전투 능력이 5초 동안 15퍼센트만큼 감소합니다.

-'트라키오스'가 1.5초 동안 '무방비' 상태에 빠집니다.

-'무방비' 상태가 지속되는 동안 '트라키오스'가 치명적인 공격을 허용할 확률이 높아집니다.

-'무방비' 상태가 지속되는 동안 '트라키오스'의 명중률이 대폭 감소합니다.

-'무방비' 상태가 지속되는 동안 '트라키오스'가 입는 모든 피해량이 증가합니다.

-'무방비' 상태에서 강력한 피해를 입을 시 일정 확률로 2초 동안 '기절' 상태에 빠지게 됩니다.

-'기절' 상태에 빠지면, 그 시간만큼 '무방비' 상태의 지속 시간이 증가합니다.

'무장 해제' 마법은, 사실 평범한 유저들에게는 '계륵' 같은 디버프 마법 중 하나였다.

'모든 전투 능력 15퍼센트 감소'라는 기본 효과부터 부가 효과인 '무방비' 디버프까지.

그 성능이 엄청나기는 했지만 지속 시간이 워낙 짧아서 활용하기 어려운 마법이기 때문이다.

재사용 대기 시간이라도 짧으면 지속적으로 걸어 주련만, 그것도 아니었으니 활용하는 것이 까다롭기 그지없는, 그런 디버프 마법인 것이다.

일부 길드에서는 이 디버프를 얼마나 잘 활용하느냐에 따라 딜러의 실력을 판단하기도 할 정도.

하지만 그런 것들과는 별개로 사라는 평범한 마법사가 아니었고, 딜러 포지션인 이안은 더더욱 평범하지 않았다.

지금의 이안에게 이 무장 해제 마법은 더할 나위 없이 궁합이 잘 맞는 디버프 마법이었다.

'이 디버프만 잘 활용하면 저 돼지 같은 놈들도 순식간에 삭제해 버릴 수 있어.'

트라키오스의 거대한 몸집에 붉은 빛이 휘감겼다.

이것은 지금 이 순간, 트라키오스가 '무방비' 상태에 빠져 있다는 이야기.

이 무방비 상태가 지속되는 단 1.5초의 시간 안에, 이안은 정확한 약점에 검을 꽂아 넣어야 했다.

'디버프를 이렇게 떡칠했는데 이 정도도 못 해내면, 게임 접어야지.'

자신감 넘치는 표정으로 검을 뽑아 든 이안은 그것을 역수로 치켜든 채 트라키오스를 향해 뛰어내렸다.

약점 포착을 발동시켜 이미 약점의 위치는 파악한 바.

이제 정교한 컨트롤만이 남아 있었다.

"흐아압!"

거대한 코뿔소 거북(?)인 트라키오스의 약점은 등껍질과 머리 사이에 살짝 드러나 있는 '목등'이었다.

단단한 외피 사이의 좁은 틈새.

그리고 이안의 검 끝은 여지없이 그 틈을 향해 파고들었다.

콰악- 콰드득-!

그리고 그 순간, 이안의 시선은 자신도 모르게 떠오르는 시스템 메시지를 향했다.

워낙 치명타 확률 세팅이 안 되어 있어서, 정확히 약점을 공격한다 해도 치명타가 뜨지 않을 수도 있기 때문이었다.

'떠라, 치명타!'

이안이 이 검을 사용한 이후 가장 아쉬웠던 것이 '치명타 피해량' 옵션을 활용하지 못했던 것.

이번 기회에 치명타 파괴력이 얼마나 나오는지 확인해 보고 싶었던 것이다.

트라키오스는 이안에게 막대한 경험치를 줄 좋은 사냥감임과 동시에, 훌륭한 펀치머신의 역할을 해 주고 있었다.

–몬스터 '트라키오스'에게 치명적인 피해를 입혔습니다!

–'무방비' 상태의 적을 공격하여, 더욱 강력한 피해를 입혔습니다.

–'트라키오스'의 생명력이 112,750만큼 감소합니다.

–강력한 파괴력으로 인해 '트라키오스'가 정신을 차리지 못합니다.

–'트라키오스'가 기절 상태에 빠졌습니다.

–'무방비' 상태의 지속 시간이 증가합니다.

그리고 떠오른 시스템 메시지를 확인한 사라와 바네사는 동시에 그 자리에서 얼어붙고 말았다.

"정말 이게 가능한 거였어?"

"괴, 괴물……. 혼자 400킬 올릴 수 있었던 이유가 있었어."

사실 이 괴랄한 탱킹 능력을 가진 트라키오스에게 '무장해제' 마법은 큰 의미가 없는 디버프였다.

부가 효과인 '무방비' 상태에서 스턴을 먹여야 디버프의 효과가 극대화되는데, 어지간한 공격력으로는 어림도 없는 일이기 때문이었다.

무방비 상태에서 스턴을 띄우기 위해선 적어도 대상이 가진 최대 생명력의 20퍼센트 정도는 단숨에 깎아 버려야 하는데, 트라키오스를 상대로 그런 것이 가능할 것이라고는 상상조차 못한 것이다.

그런데 이안은, 단 한 방의 검격으로 트라키오스의 생명력 게이지를 뭉텅이로 날려 버렸다.

이것은 디버프 효과 중첩에 더해진 '용사 이안의 검'의 부가 효과 덕분에 가능한 파괴력이었다.

-치명타 확률이 20퍼센트만큼 감소하며, 치명타 피해량이 200퍼센트만큼 증가합니다.

무장해제로 인해 방어력이 15퍼센트나 감소한 데다 무방비 디버프로 인한 피해량 증가 효과가 겹쳤으며, 거기에 치명타 피해량이 200퍼센트나 추가된 것.

이 세 요소가 곱 연산으로 작용하니, 입이 쩍 벌어지는 위력이 만들어져 버린 것이다.

그리고 두 사람이 놀라건 말건 이안의 검은 멈추지 않았다.

아예 스턴까지 걸려 멈춰 버린 트라키오스의 숨통을, 그대로 끊어 놓기 위해서 말이다.

콰악—! 콰드득—!

—몬스터 '트라키오스'에게 치명적인 피해를 입혔습니다!

—'트라키오스'의 생명력이 111,090만큼 감소합니다.

—강력한 파괴력으로 인해, '트라키오스'가 정신을 차리지 못합니다.

—'트라키오스'의 생명력이 115,121만큼 감소합니다.

—'트라키오스'를 성공적으로 처치하셨습니다!

중간계가 아니라 지상계에서도 만들어내기 쉽지 않은 대미지를 띄우면서, 순식간에 트라키오스 한 마리를 삭제해 버리는 이안.

두 자매는 이안을 이해하는 것을 포기하기로 하였다.

"휴, 그냥 빨리 뿔이나 챙기자, 언니."

"그래, 그러자. 정령계에서도 느꼈었지만, 잰 사람이 아니야."

고개를 절레절레 저으며, 트라키오스가 드롭한 뿔을 챙겨 인벤토리에 넣는 바네사.

하지만 뭔가 씁쓸해 보이는 표정을 한 그녀들과 달리 이안은 무척이나 신이 난 상태였다.

오랜만에 발동된 치명타 공격의 위력이 그가 기대했던 것보다도 훨씬 더 강력했기 때문이다.

"사라, 무장 해제 재사용 대기 시간 얼마였지?"
"5분짜리야, 이거."
"그럼 5분 동안 무장해제 없이 한두 놈 더 잡고, 재사용 대기 시간 돌아오는 대로 바로 다음 놈 잡자."
"그러지, 뭐."
"바네사, 너는 그쪽에서 계속 어그로 좀 끌어 주고."
"알겠어."
사라는 무장 해제 말고도 강력한 디버프 마법을 많이 가지고 있었다.
그리고 그것들을 활용하자 트라키오스들을 차근차근 사냥할 수 있었다.
—파티원 '이안'이 '트라키오스'에게 강력한 피해를 입혔습니다.
—'트라키오스'의 생명력이 15,790만큼 감소합니다.
—파티원 '이안'이 '트라키오스'에게 치명적인 피해를 입혔습니다!
—'트라키오스'의 생명력이 71,055만큼 감소합니다!
—'트라키오스'를 성공적으로 처치하셨습니다!
결국 열댓 마리 정도 되던 트라키오스들을 1시간도 채 걸리지 않아 전멸시킨 이안의 파티.
하지만 당연히, 그것으로 끝은 아니었다.
이미 설산 여기저기에 흩어져 있던 이안의 소환수들이 계속해서 다른 무리들의 위치를 찾아내었기 때문이다.
세 사람은, 마치 설산에 서식하는 트라키오스들을 멸종시키기라도 할 기세로, 쉬지 않고 사냥하였다.

"엘, 배리어 좀 걸어 주고! 빡빡이는 저쪽으로 어그로 좀 돌려!"

"코르투스, 브레스!"

"이안, 이쪽으로……! 헤이스트!"

덕분에 처음에는 이안의 강력함에 위축되어 있던 사라와 바네사의 표정도 시간이 갈수록 밝아져만 갔다.

인벤토리에 차곡차곡 쌓이는 트라키오스의 뿔을 보고 있자니, 기분이 좋아지지 않으려야 않을 수가 없는 것이다.

"언니, 우리 벌써 뿔 열다섯 개쯤 모은 거 같은데?"

"캬! 정말이네! 열다섯 개면 공헌도가 얼마야? 9천?"

"크으! 이거 둘이 나눠도 한 사람당 4,500이잖아?"

트라키오스가 뿔을 드롭할 확률은 절반 정도였으니, 이안 일행은 이미 서른 마리 정도의 트라키오스를 사냥한 것.

그런데 트라키오스를 한두 마리 정도 더 잡았을 무렵.

밝아지고 있던 두 자매의 표정을 다시 어둡게 만드는, 슬픈(?) 사건이 일어나고야 말았다.

띠링-!

-'트라키오스'를 성공적으로 처치하셨습니다!

-파티원 '이안'의 레벨이 상승하였습니다!

-'이안'의 레벨이 16이 되었습니다.

"뭐, 뭐라고? 레벨 업?"

"레벨이 16이라고?"

이제야 겨우 심적 안정을 찾은 두 자매의 눈앞에 떠오른, 믿기 힘든 시스템 메시지.

물론 이안의 반응은, 무덤덤하기 그지없었지만 말이다.

"아 이거? 용사 계급 되면, 레벨 업이 가능해지더라고."

"하아……. 용사 계급?"

"우리 지금 공헌도 아직 5만도 못 모았는데?"

"그러니까 뿔 많이 챙겨 가서 너희도 공헌도 빨리 쌓아."

"……."

"파이팅!"

넘치던 쌍둥이 자매의 의욕을 한순간에 꺾어 버리는, 얄밉기 그지없는 이안의 응원.

하지만 그런 것과는 별개로, 쌍둥이 자매는 오랜 시간 동안 이안을 벗어날 수 없었다.

이안이 얄미운 것은 얄미운 것이고, 600씩 차곡차곡 쌓이는 공헌도는 챙겨야 하니 말이었다.

그렇게 거의 한나절이 다 지났을까?

띠링-!

-파티원 '이안'의 레벨이 상승하였습니다!

-'이안'의 레벨이 18이 되었습니다.

설산에는 더 이상 트라키오스의 그림자조차 찾기 힘들어졌으며, 이안의 레벨은 18레벨까지 상승하였다.

쌍둥이 자매의 인벤토리에 쌓인 뿔은 쉰 개를 훌쩍 넘었고 말이다.

"흐음, 이제 트라키오스 사냥은 슬슬 접을 때가 된 것 같네."

그리고 어느새 공헌도의 노예가 되어 버린 쌍둥이 자매는, 사냥이 이대로 끝날까 봐 불안(?)했는지 이안을 향해 재빨리 입을 열었다.

"트라키오스는 이쯤 했으면 됐으니, 이번엔 푸카스 잡으러 가는 건 어때, 이안?"

"푸카스?"

"대형 타조같이 생긴 녀석들인데, 걔들도 제법 경험치 많이 줄 거야."

"근거는?"

"트라키오스의 뿔이 공헌도 600짜리인데, 푸카스의 날개뼈가 공헌도 500짜리였거든."

"오호?"

"이번에도 우린 날개 뼈만 있으면 돼."

"맞아. 나머진 다 너 가져도 되니까, 이어서 계속 사냥하는 거 어때?"

이제는 이안이 먼저 말하지 않아도, 알아서 조공(?)을 바치는 사라와 바네사.

물론 이안은, 흡족한 표정으로 고개를 끄덕였다.

"후후, 좋아. 이거 자세가 된 친구들이군."

순조롭게 두 번째 노예 계약(?)을 체결한 이안과 쌍둥이 자매는, 곧바로 다음 사냥터를 향해 이동하였다.

그리고 그렇게 또 한 번 밤을 샌 결과, 이안은 결국 20레벨의 고지까지 도달할 수 있었다.

'후우, 이쯤 했으면 이제 레벨 업 효율은 충분히 뽑아먹은 것 같네.'

어찌어찌 20레벨까지는 올렸으나, 이제 더 이상 설원의 몬스터들을 사냥하는 것만으로는 레벨 업이 쉽지 않은 듯 보였다.

필요한 경험치량은 기하급수적으로 증가하는 데 반해, 획득 가능한 경험치량은 오히려 줄고 있었으니 말이다.

하여 이안은, 이제 '때'가 왔음을 느끼고 있었다.

'좋아, 이제 용사의 의식인지 뭔지……. 도전할 때가 된 것 같아.'

필요한 장비는 일찌감치 맞췄으며, 레벨도 원하는 수준까지 만들었으니, 이제는 다음 단계를 향해 걸음을 옮길 차례.

–접속을 종료합니다.

–플레이 타임 - 42:17:38

오랜만에 게임을 종료한 이안은, 하린과 함께 아침밥을 먹은 뒤 곧바로 침대에 쓰러졌다.

이제 충분히 숙면을 취한 뒤 다시 접속하면 곧바로 의식을 진행하기 위해 용사의 탑으로 향할 것이다.

용사의 의식 뒤에 또 뭐가 있을지는 알 수 없었지만 분명한 건 이제 '마지막'이 얼마 남지 않았다는 것.

그야말로 용사의 마을 졸업을 코앞에 남겨 둔 이안은 그대로 깊은 잠에 빠져들었다.

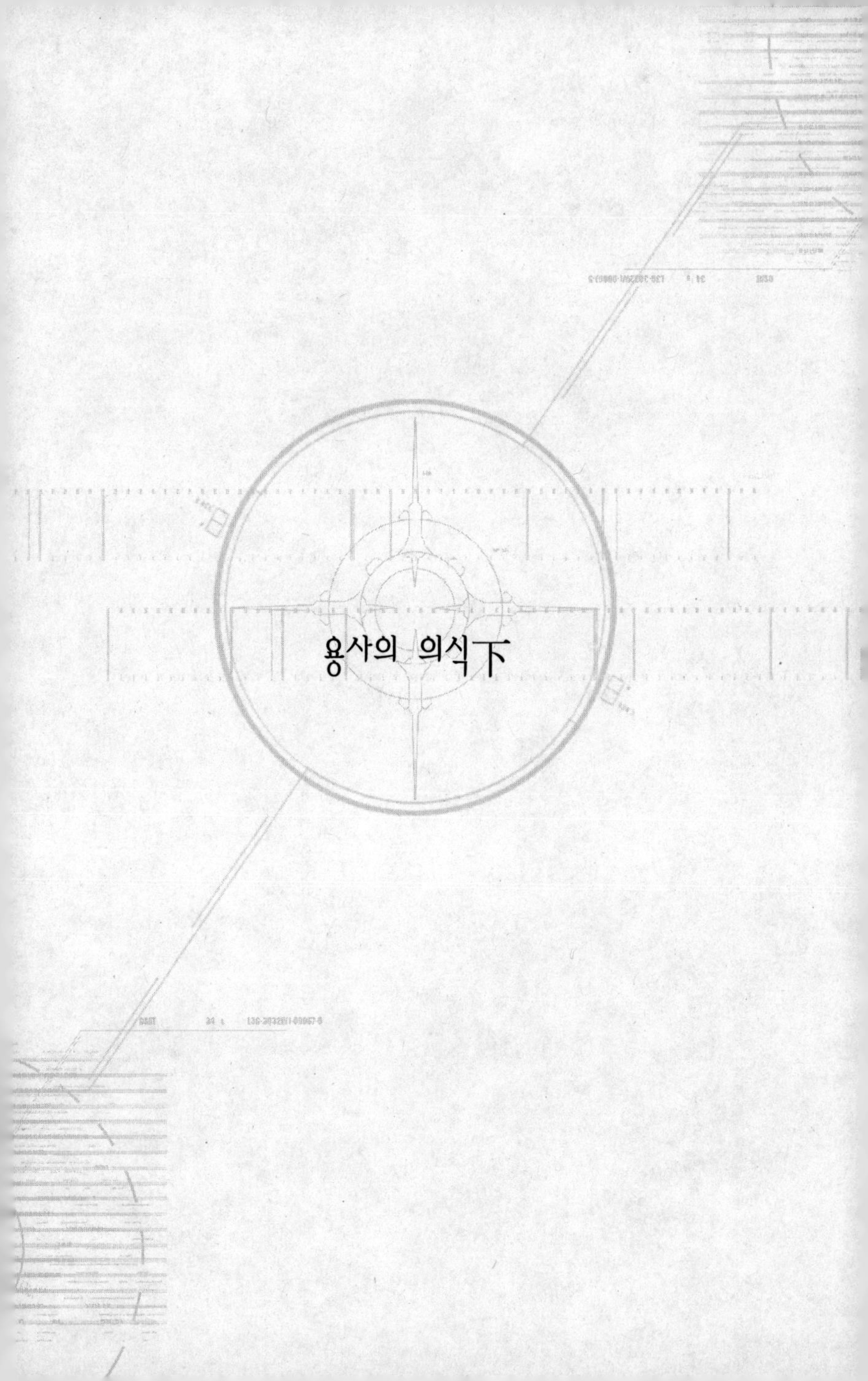

용사의 의식 下

Taming
Master

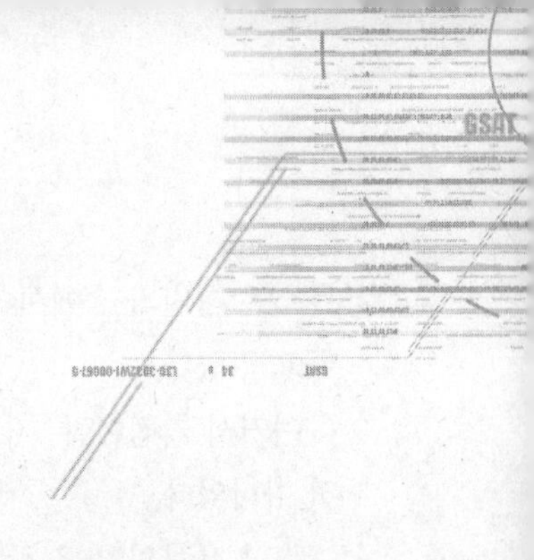

"어후, 이제 다음 주면 용사 계급 찍을 수 있으려나?"

"당연하지, 누나. 오늘 받은 퀘스트까지 클리어하고 나면, 대충 6~7만 공헌도까진 찍힐 것 같은데?"

"그렇겠지? 으……. 대체 이안 그놈은 어떻게 벌써 용사 계급 찍은 거야? 좋은 방법이 있으면 길드원한테 풀어야지, 치사하게 본인 혼자만 알고 있다니."

"알려 준다고 할 수 있는 거였으면 진즉 알려 줬을 걸?"

"그, 그런가."

"아마 무슨 히든퀘라든가 특수한 조건 같은 게 필요하겠지, 뭐."

아침에 받은 용사의 마을 메인 퀘스트를 마친 레미르와 헤르스는 차원의 숲에서 나와 로터스 길드의 거점을 향해 이동하고 있었다.

여기서 거점이란, 거창하게 새로운 콘텐츠 같은 것은 당연히 아니었다.

그냥 용사의 마을 한편에 있는 여관을 로터스에서 거의 전세 내다시피 빌려서 쓰고 있었으니 말이다.

여관에서 로터스 랭커들끼리 정보도 공유하고 서로 도움을 주며, 용사의 마을 퀘스트들을 빠르게 클리어하고 있었던 것.

특히 가끔 방문한 이안이 뿌려 두고 가는 쓰다 남은(?) 장비들은, 후발 길드원에게 어마어마한 도움이 되고 있었다.

"오, 마스터! 오늘 퀘스트는 벌써 끝내신 건가요?"

"네. 오늘은 좀 수월하게 끝나서 일찍 퇴근할 수 있었네요."

"크, 역시! 엇, 레미르 님도 오셨네요!"

헤르스와 레미르가 들어오자마자, 여관 안에서 쉬고 있던 길드원이 반가운 표정으로 두 사람을 맞이했다.

그런데 시간이 조금 일러서 그런 것인지, 여관에는 거의 용사의 마을에 진입한 지 얼마 되지 않은 새내기 유저들이 대부분이었다.

"헤르스."

"응, 누나."

"우리 '영웅의 협곡' 전장 열리기 전까지, 몇 명이나 용사 계급 찍을 수 있을까?"

"으음, 글쎄……."

"한 파티는 나오겠지?"

"좀 간당간당하지 않을까?"

여관 로비에 있는 원탁에 앉아, 여유롭게 대화하는 헤르스와 레미르.

그리고 잠시 후, 두 사람뿐이던 여관의 로비에 한 명씩 사람이 늘기 시작했다.

최근에 이안 못지 않게 플레이 타임을 늘려 가며, 용사의 마을 입성에 성공한 하린부터…….

"어, 이제 하린이도 용사의 마을 올라왔네?"

"저 오늘 아침에 올라왔어요."

"히야, 레벨 업 열심히 했나 보네."

"길드 버스를 잘 탄 거지, 뭐."

"유현이 넌 좀 조용히 해 줄래?"

뒤늦게 메인 퀘스르를 마치고 돌아온 카윈과 유신, 클로반까지.

"오, 다들 모여 있었네요?"

"오늘 중간 점검하기로 한 날이잖아."

"아, 맞다. 그렇지?"

"클로반 형, 형은 다음 주까지 공헌도 10만 가능해?"

"난 아무래도 다음 주 까지는 쉽지 않을 것 같아. 내 직업퀘 때문에 따로 해야 할 일이 있어서 말이지."

"그럼 유신이랑 카윈은?"

"우린 문제없어. 카윈이가 좀 간당간당하기는 한데, 아마 될 것 같아."

그리고 이들이 오늘 모인 이유는, 이제 일주일 앞으로 다가와 버린 '영웅의 협곡' 이벤트 때문이었다.

길드와 유저들의 '세계 랭킹'을 정하기 위해 열린다는 용사의 마을이 오픈될 당시 예고되었던 콘텐츠들 중 가장 핫한 콘텐츠.

한국 서버 부동의 랭킹 1위인 로터스 길드는 당연히 참전할 예정이기도 했다.

"언니, 입이 좀 심심한데, 커피 좀 타 볼까요?"

"크, 하린이 커피 좋지!"

"뭐 드실래요?"

"난 그냥 아무 커피나 다 좋아. 있는 거로 타 줘."

"나는 모카라떼."

"유현이, 넌 알아서 타 먹어."

"우씨, 내가 타면 맛없단 말이야……."

오랜만에 길드원이 전부 모이자 시끌벅적해진 로터스 길드의 여관.

"그런데 하린아, 이안이는 언제 오는 거야? 왜 너 혼자 왔어?"

"아, 진성이 방금 일어나서 씻고 있을 걸?"

"에? 지금이 몇 신데 이제 일어나?"

"어제 밤새 게임하고 아침에 잤거든."

"후우, 또 밤을 새고 무슨 짓을 한 거야?"

"어쨌든 이제 금방 올 거야."

그리고 잠시 후, 여관 안에 있던 시계가 저녁 12시가 되었음을 알리는 종을 울리자…….

뎅- 뎅- 뎅-!

여관의 문이 열리며, 요주의 인물(?)이 모습을 드러내었다.

덜컹-!

"오, 다들 와 있었네."

그의 정체는 당연히, 이안이었다.

용사의 협곡.

그리고 영웅의 협곡.

무척이나 비슷한 어감을 가진 두 단어는, 사실 완전히 다른 의미를 가지고 있었다.

영웅의 협곡뿐 아니라, 용사의 마을부터 시작해서 차원의 숲, 차원의 설원까지.

이 모든 맵을 포괄하여 통칭하는 것이 용사의 협곡이었으니, 영웅의 협곡은 용사의 협곡 안에 있는 부수 콘텐츠들 중 하나를 의미하는 것이었다.

굳이 따지자면 요일 전장들과 비슷한 개념이라고 해야 할까?

하지만 어쩌면, 용사의 협곡에 있는 모든 콘텐츠 중에 가장 중요한 게 이 영웅의 협곡일지도 몰랐다.

영웅의 협곡에서 승리한다고 특별한 뭔가를 얻게 되는 것은 아니었지만, 여기에는 랭커로서의 자존심과 길드의 명예가 걸려 있었으니 말이다.

그렇다면 이 영웅의 협곡 전투는, 대체 어떤 콘텐츠일까?

이는 다음과 같이 간단하게 정리할 수 있었다.

1. 영웅의 협곡 전투는 총 여섯 명의 랭커들이 팀을 이뤄 참전할 수 있으며, 한 팀에 같은 클래스가 두 명 이상 참전할 수 없다.

용사의 마을에서 '용사' 계급 이상을 달성한 유저만이 참전 가능하다.

단, 참여 인원들의 레벨은 전부 초월 1레벨로 통일되며, 개인적으로 보유하고 있는 아이템들은 사용할 수 없다.

2. 팀은 길드와 서버에 무관하게 꾸릴 수 있으나, 길드의 이름으로 출전하기 위해서는 모든 구성원이 길드원으로 이뤄져야만 한다.

3. 영웅의 협곡에 참전신청을 한 팀들은, 먼저 협곡을 지키는 '차원 군대'와 전투를 치러야 한다.

4. 차원 군대와의 전투를 치른 후 산정된 점수에 따라 협곡의 팀 랭킹이 설정되며, 1년에 두 번 열리는 '영웅들의 전쟁'에 랭킹 128위 안에 있는 팀까지 출전하게 된다.

5. 이 세계 대회에서 정해진 순위대로 팀 랭킹 혹은 길드 랭킹이 결정되게 되며, 매 전투마다 산정된 개인의 공헌도를 합산하여 개인 세계 랭킹이 만들어진다.

6. 세계 랭킹 1위~100위로 선정된 유저들에게는 소정의 상금과 함께 '카일란의 밤' 행사 초청장이 발송된다.

그리고 지금, 로터스 길드에서 준비하고 있는 것은 일주일 뒤에 처음 열리게 될 '차원 군대'와의 전투였다.

차원 군대와의 전투는 다음 주부터 매주 한 번 열리게 되는데, 연말에 있을 '영웅들의 전쟁' 전까지 세 번의 기회가 남아 있었다.

영웅들의 전쟁 까지의 날짜가 한 달이 채 남지 않았기 때문이었다.

하여 현재 공헌도 상위권에 있는 길드들은 이번 주 전장부터 어떻게든 참전하려고 공헌도를 끌어모으는 중이었다.

두 번의 기회 중 더 높은 점수를 받은 케이스로 랭킹이 등록되며, 128위 안에 들어야만 '영웅들의 전쟁'에 참전이 가능하게 되니 말이다.

물론 단 한 번의 기회에 높은 점수를 만들어 낼 수 있다면 좋겠지만, 트라이 횟수가 많을수록 유리한 것은 당연한 일이니까.

그리고 길드 회의가 끝난 결과, 로터스 길드에서 클래스별로 참전이 가능한 유저들을 어느 정도 정할 수 있었다.

전사 클래스 : 유신

기사 클래스 : 헤르스

궁수 클래스 : 카윈

마법사 클래스 : 레미르, 피올란

사제 클래스 : 레비아

암살자 클래스 : 없음

흑마법사 클래스 : 간지훈이

소환술사 클래스 : 이안

로터스에서 비교적 약세인 암살자 클래스를 제외하고는, 다음 주까지 용사 계급이 가능한 유저들이 다행히 하나씩은 있었던 것.

종이에 쭉 나열해 놓은 명단을 보며, 헤르스가 중얼거리듯 입을 열었다.

"일단 이안이랑 훈이, 그리고 레비아 님까진 확정인 것 같고……."

옆에 있던 피올란이 그 말을 받으며 고개를 끄덕였다.

"그러네요. 세 분은 확정이고, 마법사 클래스도 저 대신 레미르 님이 참전하시는 게 맞는 것 같고요."

"그럼 두 명을 더 정해야 하는 거네요."

"흐음, 어떻게 조합하는 게 더 좋으려나……."

소환술사와 흑마법사 그리고 마법사와 사제 클래스까지.

이렇게 네 클래스가 픽스되었으니 이 조합에 어울릴 두 클래스를 전사, 기사, 궁수 중에 고르면 되는 것이었다.

이번에는 잠자코 있던 레비아가 입을 열었다.

"딜은 부족할 것 같지 않으니, 아무래도 탱킹이 되는 헤르스 님이 참전하시는 게 좋은 것 같아요."

이안도 고개를 끄덕이며 동의했다.

"확실히 기사 클래스는 하나 있는 게 좋죠."

이어서 카윈을 보며 한마디 덧붙였다.

"그리고 아무래도 카윈이보다는 통합 랭킹 높은 유신이가 들어오는 게 좋을 것 같고요."

이안의 말에 카윈이 입술을 살짝 삐죽였지만, 딱히 반론을 제기하지는 않았다.

모든 면에서 유신의 실력이 더 뛰어나다는 정도는 카윈도 이미 인지하고 있었으니 말이었다.

그리고 그렇게 길드 회의가 마무리되고 나자, 이안은 곧바로 자리에서 일어났다.

"헤르스, 이제 난 다시 가도 되지?"

이안의 물음에, 헤르스가 의아한 표정으로 되물었다.

"음? 어딜 또 그렇게 급히 가는 건데?"

자다가 방금 일어났다니 다시 자러 가는 것은 아닐 테고, 이미 용사 계급을 찍은 마당에 어떤 콘텐츠를 하러 가려는 건지 궁금했기 때문이었다.

"아, 용사의 의식이라고, 중간자의 위격을 얻으려면 또 해야 되는 게 있더라고."

"……!"

"이거 하고 마지막 퀘스트 하나 더 깨면 졸업이던데……. 다음 주 되기 전까지 여기 졸업해 버려야지."

"용사의 마을 졸업해도 협곡 참전은 가능한 건가?"

"당연하지. 영웅들의 전쟁 이거 이제부터 반년에 한 번씩 계속 한다는데, 여기 졸업한다고 참전 못 하면 말이 돼?"

"하긴, 그것도 그러네."

헤르스와 짧은 대화를 마친 이안은, 곧바로 마을의 동쪽을 향해 움직였다.

동쪽에 있는 병영.

그리고 그 안에 있는 백룡수호대장白龍守戸大丈카미레스의 막사가, 이안이 향하는 목적지였다.

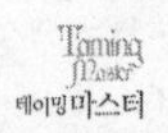

'기왕 의식을 진행하는 거, 일면식이라도 있는 장군을 통해 가는 게 뭐라도 더 좋은 게 있겠지.'

용사의 의식을 진행하기 위해서는 천군 진영의 '장군'계급을 가진 이를 통해야만 한다.

그리고 천군진영의 장군들 중 이안과 가장 친한 NPC는 바로 카미레스.

카미레스는 이안과 일면식이 있는 정도가 아니라 거의 최상의 친밀도를 자랑했기에, 퀘스트를 진행함에 있어 도움을 받을 수 있을 것이라고 생각했던 것이다.

그리고 이안의 그런 예상은, 어김없이 들어맞았다.

"오, 이안. 기다리고 있었다네."

"네?"

"자네가 이미 용사 계급을 달성했다는 소식을 들었으니 말일세."

"아하."

"왜 이렇게 늦게 오나 했더니, 용맹의 깃발 전장에서 거하게 활약하셨더군."

"하하, 세카이림 장군께 들으셨나 보군요."

"그렇다네. 그는 나의 절친한 친우 중 한 명이지."

이안을 반갑게 맞은 카미레스는, 씨익 웃으며 말을 이었다.

"나를 찾아왔다는 건, 아무래도 의식을 진행하기 위해서겠지?"

"그렇습니다, 장군."

이안의 대답에 고개를 끄덕인 카미레스는, 자리에서 일어나 뒤편에 걸려 있던 장비들을 챙겨 장착하였다.

"자, 그럼 한번 출발해 볼까?"

그리고 그 옆에 있던 상자 하나를 꺼내어 이안에게 건네주었다.

"그리고 이건 내 선물일세."

"……!"

"아마 자네가 의식을 진행하는 데 제법 도움이 될 게야."

카미레스의 말에 의하면, 용사의 의식을 진행하기 위해서는 '의식의 제단'이라는 곳에 가야 한다고 했다.

"제단에 가면 신으로부터 신탁이 내려올 걸세."

"어떤 신탁인가요?"

"그건 알 수 없지."

"……?"

"신은 모두에게 같은 신탁을 내리지 않으니 말일세."

"사람마다 용사의 의식이 다르다는 이야긴가요?"

"아주 다르지는 않지만, 같지도 않지."

"그게 무슨……."

"직접 겪어 보면 알게 될 일이야."

말을 마친 카미레스는, 지체 없이 막사의 바깥으로 나갔다.

이안 또한 그를 따라 곧바로 걸어 나갔고, 막사에서 나오자마자 그의 눈에는 거대한 드래곤 한 마리의 모습이 들어왔다.

크르르르.

윤기가 좌르르 흐르는 새하얀 비늘로 온몸이 뒤덮인, 본체로 현신한 카르세우스보다도 더 거대해 보이는 드래곤.

카미레스는 아무렇지 않게 드래곤의 등에 오르며, 이안에게 말하였다.

"뭐 하는가, 얼른 타지 않고?"

"……?"

"우린 이 녀석을 타고 의식의 제단에 갈 걸세."

교통수단이라기에는 다소 과해 보이는 녀석의 등에 탑승한 이안은, 드래곤의 면면을 찬찬히 살피었다.

'덩치는 카르세우스나 엘이보다 확실히 더 큰데……. 어째서 등급은 더 낮아 보이는 거지?'

카일란에서 드래곤들은 등급이 높아질수록 더 화려한 외모를 갖게 된다.

그리고 그중에서 가장 눈에 도드라지는 것이 등에 돋아난 골판들과 머리에 솟은 뿔이었는데, 이 거대한 백룡의 뿔과 골판은 이안이 보기에 확실히 전설 등급 이하였다.

'덩치가 더 크면서 등급이 낮을 수도 있는 건가?'

일반적으로는 더 등급이 높을수록 더 화려하고 거대해지는 것이 드래곤이었기에, 이안은 의아한 표정이 되어 고개를 갸웃했다.

하지만 그는, 고민을 그리 오래 이어 갈 수 없었다.

펄럭-!

거대한 날개를 펼친 백룡이 순식간에 하늘로 솟아올랐으니 말이다.

"어엇!"

이안은 그 순간적인 속력에 놀라 살짝 눈이 커졌고, 그런 그를 힐끔 돌아본 카미레스가 나직한 목소리로 입을 열었다.

"꽉 잡는 게 좋을 거야. 이 녀석은 자네가 상상하는 것보다 훨씬 빠르니까 말이야."

이안은 카미레스의 조언대로 드래곤의 등에 돋아있는 골판 하나를 양팔로 감아 꽉 붙잡았다.

그리고 그와 거의 동시에 카미레스의 백룡은 어마어마한 속도로 비행하기 시작하였다.

쐐애액- 쐐애애앵-!

마치 바람을 찢으며 비행하기라도 하듯 이안의 귓전에 쏟아져 들어오는 파공음.

이미 드래곤은 구름 위로 올라와 있었기 때문에 이안은 지금 자신이 어디로 향하고 있는지조차 알기 힘들었다.

지상이 전혀 보이지 않았으니 말이다.

'음, 서쪽으로 가고 있는 것 같기는 한데…….'

그리고 그렇게, 10여 분 정도의 시간이 흘렀을까?

아무것도 없는 새까만 밤하늘만 펼쳐져 있던 이안의 시야에, 멀찍이 푸른빛이 일렁이는 것이 보였다.

구름 사이로 삐져나온 뾰족한 첨탑.

그리고 그 주위를 휘감고 있는 푸른빛의 소용돌이들.

이안은 직감적으로, 이곳이 용사의 제단이라는 것을 알 수 있었다.

우우웅-!

그런데 잠시 후 첨탑의 바로 앞까지 도착한 이안은, 또 한 번 놀랄 수밖에 없었다.

뾰족한 지붕이 보이기에 지상에서부터 솟아 있는 높은 첨탑이라고 생각했었는데, 가까이 와 보니 허공을 부유하는 공중 섬에 지어진 건물이었던 것이다.

'여기서 밑으로 떨어지면 어떻게 되는 거지?'

한차례 실없는 생각을 해 본 이안은, 작게 실소를 흘리며 카미레스를 따라 섬에 내려섰다.

카미레스는 이안을 마주보며 덤덤한 목소리로 이야기하였다.

"이제부터는 자네에게 달려 있다네."

"카미레스 님께서는 함께 들어가지 않으십니까?"

이안의 물음에, 카미레스는 고개를 끄덕이며 대답하였다.

"그렇다네. 용사의 의식은 어디까지나 혼자서 이겨 내야만 하는 시련이기 때문이지."

"시련이라……. 그렇군요."

"무운을 비네, 이안. 자네라면 분명 의식을 성공적으로 통과할 수 있겠지만, 방심은 금물일세."

"하하, 방심이라뇨. 그럴 리 있겠습니까."

짧은 작별 인사를 마친 카미레스는 곧바로 백룡을 타고 왔던 길을 돌아갔다.

그리고 그의 뒷모습을 잠시 지켜보던 이안은 망설임 없이 건물을 향해 성큼성큼 걸어갔다.

걸음을 옮기는 이안의 얼굴에는 기대감이 떠올라 있었다.

카미레스의 막사에서 나오기 전, 그로부터 받았던 하나의 작은 상자.

황금빛으로 번쩍이는 화려한 문양이 양각되어 있는 그 상자에는 한눈에 보아도 대단한 물건이 들어 있을 것처럼 보였다.

'흐음, 시작하기 전에 이게 뭔지나 한번 확인해 볼까?'

이안은 제단에 들어서기 전, 상자를 먼저 확인해 볼 생각이었다.

용사의 의식이라는 것이 어떤 식으로 진행될지는 알 수 없었지만, 도움될 만한 물건이 있다면 미리 지니고 있는 것이 좋을 것 같았으니 말이다.

하지만 다음 순간, 이안은 당황할 수밖에 없었다.

별생각 없이 열어 보려 했던 상자가 꽉 닫힌 채로 열리지 않았기 때문이었다.

상자가 열리는 대신, 이해할 수 없는 두 줄의 시스템 메시지만이 떠오를 뿐.

–조건이 충족되지 않았습니다.

–상자를 열 수 없습니다.

"……?"

당황한 이안은 상자의 정보 창을 확인해 보았고, 그 이유를 알 수 있었다.

충족되지 않았다던 그 '조건'이란 것이, 상자의 정보 창에 쓰여 있었으니 말이다.

카미레스의 황금 상자

등급 : 알 수 없음 **분류** : 잡화

천군 진영의 장군이자 백룡수호대장이라는 고귀한 직책을 가진 존재, 카미레스.

그가 애지중지 아끼는 이 상자에는 특별한 무언가가 들어 있을 것이 분명하다.

그의 도움을 받고 싶다면 이 상자를 열어 보자.

*'용사의 의식'을 진행하는 동안에만 오픈할 수 있습니다.
*유저 '이안'에게 귀속된 아이템입니다.
다른 유저에게 양도하거나 팔 수 없으며 캐릭터가 죽더라도 드롭되지 않습니다.

'이런 경우는 또 처음이네.'

정보 창을 다 읽은 이안의 머릿속에, 막사를 떠나기 전 카미레스가 했던 말이 떠올랐다.

"용사의 의식을 진행하는 동안, 위기가 찾아오거든 그 상자를 한번 열어 보시게나."

"위기……요?"

"말 그대로일세. 쉽지 않은 난관에 봉착했을 때 그 상자를 열어 본다면, 적지 않은 도움이 될 것이라네."

'그게 이런 의미였어.'

피식 웃은 이안은 상자를 다시 인벤토리 안에 집어넣었다.

그러고는 미련 없이 제단 안쪽을 향해 걸음을 떼었다.

덜컹-!

깊숙한 어둠 속에서 흘러나오는, 은은한 푸른 빛깔의 광채.

그리고 그 푸른빛을 감싸고 있는 새하얀 운무.

이안은 안력을 돋구어 그 푸른 광채를 찬찬히 살펴보았다.

그러자 그게 무엇인지, 어렵지 않게 알 수 있었다.

'파란 동상……이잖아?'

마치 크리스털처럼 반투명하고 영롱한 빛깔을 띠고 있는, 푸른 빛깔의 동상.

동상은 오른손에 기다란 장검을 들고 있었으며, 왼손에는 견고해 보이는 방패를 들고 있었다.

그것을 발견한 이안은 조심스레 그 방향으로 다가가기 시작하였다.

그런데 그 순간.

띠링-!

이안의 눈앞에 새로운 시스템 메시지가 떠올랐다.

-'의식의 제단'에 입장하였습니다.

-유저 정보를 분석합니다.

-유저 네임 : 이안

-계급 : 용사

-초월 레벨 : 20

-클래스 : 소환술사(테이밍 마스터)

……후략……

마치 상태 창을 켜기라도 한 것처럼, 이안의 눈앞에 주르륵 하고 떠오르는 메시지.

생각지도 못했던 상황에 이안의 두 눈이 살짝 커졌다.

'뭐지? 갑자기 유저 정보를 왜 분석해?'

그리고 잠시 후, 이안의 입에선 탄성(?)이 새어 나올 수밖에 없었다.

"커헉……!"

그 메시지들의 마지막에 떠오른 한 줄의 문구가 이안의 뒤통수를 강하게 후려쳤기 때문이었다.

—계급과 초월 레벨을 토대로 전투력을 분석합니다.

—전투력에 걸맞은 시련이 생성됩니다.

—유저 '이안' 님의 시련 등급 : SS

'미친, 이런 게 어디 있어?'

시스템 메시지에 따르면 용사의 의식 난이도는 초월 레벨에 비례하여 높아질 것이다.

계급이야 누구나 '용사'인 상태로 이 의식에 도전할 것이었으니, 시련 등급의 고저가 정해지는 기준은 결국 초월 레벨인 것이다.

의식에 들어가기 전 일부러 초월 레벨을 20까지 올린 이안으로서는, 당황스러울 수밖에 없는 상황.

힘들게 레벨을 올린 것이 오히려 독이 되어 돌아온 것이었으니 말이다.

'후우, 등급에 따라 클리어 보상에 차등은 있는 거겠지?'

억울한 표정이 되어 입을 삐죽이는 이안.

그러나 이안에게 불만을 표출할 시간 따위는 주어지지 않았다.

투덜거리려던 찰나 이안의 눈앞에 또 다른 시스템 메시지가 연이어 떠올랐으니 말이다.

–제단 안쪽에 있는 용사의 동상으로 이동하십시오.

–용사의 동상 앞에 있는 '차원의 수정'에 손을 올려놓으면 의식이 시작됩니다.

'파란 동상의 이름이 용사의 동상이었나 보네.'

메시지를 확인한 이안의 시선이 자연스레 다시 동상을 향했다.

정확히는 그 앞에 부유하고 있는 축구공만 한 크기의 푸른 수정을 향해 고정되었다.

'저기에 손을 가져다 대라는 거지?'

마른침을 한차례 꿀꺽 삼킨 이안은, 천천히 그 앞으로 다가갔다.

그리고 망설임 없이, 오른손을 들어 수정에 가져다 대었다.

그러자 낮은 공명음과 함께, 수정이 빛을 내뿜기 시작하였다.

우우웅–!

이어서 이안의 귓전에, 벼락같은 목소리가 울려 퍼졌다.

–반갑구나, 영웅이 되기 위한 의식에 도전하는 용사여.

"……!"

–그대의 능력에 걸맞은 시련을 내리도록 하겠다.

"아니, 그것보다 좀 더 쉬워도 괜찮을 것 같은데요……."

–그래, 용천이 좋겠군.

"네?"

–용사여, 첫 번째 시련을 내리도록 하겠노라.

"아니, 저기요. 제 말은 혹시 들리시나요?"

–그대를 용천으로 보내 줄 터이니, '드라코우'를 찾아 포획해 오라.

그리고 이안의 눈앞에 드디어 용사의 의식 퀘스트 창이 생성되었다.

띠링–!

–'소환술사의 시련(SS)'이 발동합니다.

'용사의 의식 I /소환술사의 시련 (에픽)'

*'용사'의 계급이 되어 자격을 갖춘 당신은 용사의 의식을 치르기 위해 '의식의 제단'에 입성하였다.
지상계의 영혼이 진정한 '중간자'의 위격을 갖추기 위해 거쳐야만 하는 관문인 용사의 의식.
그리고 용사의 마을에서 최고의 활약을 펼친 당신에게 천신은 그에 걸맞는 최고의 시련을 내려 주기로 하였다.
*용들의 고향 용천에는 수많은 종류의 용들이 살고 있다. 그리고 그 어딘가에는 성스러움과 용맹함의 상징인 '드라코우'라는 용족이 살고 있을 것이다.
드라코우를 포획하고 길들여, 당신의 용맹과 뛰어난 소환술을 입증하라.
목표를 달성한다면, 두 번째 시련을 진행할 수 있을 것이다.
퀘스트 난이도 : SS
퀘스트 조건 : '용사' 계급 달성

알 수 없음

제한 시간 : 없음

*용족 '드라코우'를 테이밍하면 퀘스트가 완료됩니다.

보상 : 황금빛 안장

*퀘스트를 포기할 시 60일 동안 용사의 의식을 진행할 수 없습니다.

용사의 마을이 열린 지도, 벌써 한 달이 되어 가는 이 시점.

카일란 한국 서버 공식 1위 길드인 로터스의 유저들은, 벌써 거의 절반에 가까운 숫자가 용사의 마을로 넘어간 상황이었다.

최고 랭커 길드답게 가입 제한 자체가 420레벨이었으며, 국왕 이안의 지침으로 450레벨까지는 레벨 업만 하도록 내규(?)가 지정되어 있었으니, 다른 어떤 길드들보다도 빠르게 중간계로 넘어오고 있었던 것이다.

그리고 로터스 길드의 오랜 가족 중 하나인 카노엘 또한, 당연히 내규에서 예외는 아니었다.

이미 카노엘의 레벨은 460이 훌쩍 넘은 상황이었으며, 초월 레벨 또한 10을 채운 지 오래였으니까.

그런데 의아한 것은, 모든 조건을 충족한 카노엘이 아직도 용사의 마을에 입성하지 않았다는 것이다.

카노엘은 지금, 자신의 직업인 '드래곤 테이머'와 관련된 히든 퀘스트를 진행하기 위해 용천에 와 있는 상태였다.

'후우, 뒤질 만한 곳은 전부 다 뒤진 것 같은데……. 용린패라는 물건은 대체 어디에 있는 거야?'

카노엘이 진행 중인 히든 퀘스트는, 다름 아닌 '드래곤 테이머' 클래스의 티어를 올릴 수 있는 중요한 퀘스트였다.

그리고 지금 카노엘은 그 퀘스트를 클리어하기 위해 필요한 마지막 물건인 '용린패'를 찾는 중이었다.

벌써 사흘이 넘게 용천을 뒤졌음에도, 아무런 단서를 얻지 못하고 있기는 했지만 말이다.

카노엘은 자신을 태우고 비행 중인 드래곤 카시라스를 향해 입을 열었다.

"카시라스."

-말하라 주인.

"이제 이 소천小天에서 가 볼 만한 구역은, 저 백룡강 너머에 있다는 '태초의 평원'뿐이겠지?"

카노엘은 드래곤 테이머답게, 현재 드래곤만 총 일곱 마리를 부리고 있었다.

그리고 이 카시라스는, 카노엘의 드래곤들 중 유일하게 '신화' 등급인 자운룡紫雲龍이었다.

카시아라는 카노엘이 클래스 관련 히든 퀘스트를 진행하던 중, 이 용천에서 얻은 드래곤이었다.

–그렇다, 주인. 하지만 전에도 말했듯, 주인의 능력으로 백룡강을 건너는 것은 아직 위험하다.

"이제는 네가 있잖아. 네가 도와줘도 힘들까?"

–주인이 중간자의 위격을 얻기 전에는, 나도 제대로 된 힘을 발휘할 수 없다. 그리고 이 상태로는, 태초의 땅을 지키는 '드라코우'들을 이기기 힘들 것이다.

"쩝……."

–용린패를 찾는 것이 급한 일은 아니니, 먼저 중간자의 위격을 얻는 것이 어떠한가.

"흐음……. 역시 그게 맞겠지?"

–그렇다, 주인. 나와 함께한다면, 용사의 시험을 통과하는 것은 어렵지 않을 것이다.

용천에서 중간자의 위격이 없는 상태로 발들일 수 있는 지역은 '소천'이 유일했다.

명계로 따지자면, 아케론강 이전의 지역과 비슷한 개념이라고 할 수 있는 것이다.

그리고 지금 카노엘은 이 소천 안의 거의 모든 지역을 전부 탐사한 상황이었다.

소천 안에서 유일하게 카노엘이 가 보지 못한 구역은, 카시라스가 말한 '태초의 땅'뿐.

때문에 카노엘은, 아쉬운 마음을 접어 두고 용천을 떠날 채비를 해야 했다.

곧 한 티어 높은 클래스가 되어 강해질 생각에 들떠 있던 마음이 아쉽기는 했지만, 결국 용사의 길에 오르기 전엔 더 할 수 있는 것이 없는 상황이니 말이다.

'그래 뭐, 이번에 클리어하지 못한다고 해서, 퀘스트가 어디로 사라지는 건 아니니까.'

그런데 그렇게 카노엘이 미련을 버리려던 찰나, 그의 눈앞에 한 줄의 시스템 메시지가 떠올랐다.

띠링-!

-새로운 메시지가 도착했습니다.

-발신자 : 이안

그리고 그 메시지를 확인한 카노엘의 두 눈이 살짝 확대되었다.

용사의 첫 번째 의식, '소환술사의 시련' 퀘스트 창이 떠오른 직후.

이안은 알 수 없는 힘에 빨려듦과 동시에 용천으로 차원 이동되었다.

그것은 그야말로, 눈 깜짝할 사이에 벌어진 일이었다.

띠링-!

-중간계, '용천'에 입장하였습니다.

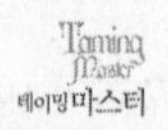

–현재 위치 : 고요의 바위산 (1,897, 2,819)

–지상계에서 얻은 모든 능력치에 비례하여, 초월 능력치가 설정됩니다.

–이제부터 '초월 레벨'이 적용됩니다.

–현재 '이안' 님의 초월 레벨은 20Lv입니다.

……후략……

용천에 입장했다는 메시지와 함께, 중간계에 속하는 맵에 처음 들어갈 때 등장하는 예의 그 메시지들이 주르륵 하고 떠올랐다.

그리고 그 메시지들을 본 이안의 눈빛이, 살짝 반짝였다.

'흐흐, 이제 항상 떠오르던 메시지 하나가 사라졌네.'

용사 계급이 되기 전까지, 중간계의 맵에 입장할 때마다 항상 봐야만 했던 한 줄의 메시지.

–'용사의 자격'을 얻을 때까지 초월 레벨의 레벨 업이 제한됩니다 (10Lv을 초과하여 올릴 수 없습니다).

뭔가 하나의 족쇄가 풀린 것 같은 느낌이 들어서인지, 이안은 한층 가벼운 표정이 되었다.

'아직 중간자는 아니라 루가릭스를 찾으러 가긴 애매하겠지만, 그래도 레벨이 오른다는 게 어디야.'

사냥을 했으면 응당 경험치가 올라야 하는데, 초월 10레벨에 한동안 막혀 있어 적잖이 답답했던 것.

퀘스트를 진행하는 동안 계속해서 초월 레벨을 올릴 수 있다는 사실에, 이안은 몸이 근질거리기 시작했다.

'용천은 어떤 구조일까? 분명히 중간자 되기 전엔 이동 가능한 지역이 제한될 텐데……. 그래도 명계나 정령계를 생각해 보면, 한 초월 30레벨 대 몬스터까지는 만날 수 있겠지?'

이안은 머릿속으로 이런저런 생각들을 떠올리며, 주변을 찬찬히 둘러보았다.

의식의 제단에서 워프되어 이안이 떨어진 곳은 주변이 훤히 보이는 커다란 바위산의 정상.

이안은 주변을 둘러보면 둘러볼수록, 저도 모르게 입에서 한숨이 새어 나왔다.

"휴우, 맵은 진짜 오지게도 넓은 것 같네."

사방이 훤히 내려다보이는 고지대에서 주변을 둘러봄에도 불구하고, 맵에 끝이 보이지를 않았기 때문이었다.

만약 '드라코우'라는 용족이 여기저기 널려 있는 일반적인 몬스터라면 문제 될 것이 없겠지만, SS등급이라는 퀘스트 난이도를 봤을 땐 그럴 리 없을 것이 분명했다.

"어디로 가야 하오……."

뒷머리를 긁적인 이안은, 바위에 잠시 걸터앉아 머리를 굴리기 시작했다.

밑도 끝도 없는 장소에 떨어지기는 했지만, 무턱대고 움직이는 것은 그의 스타일이 아니었으니 말이다.

그리고 사실, '드라코우'라는 녀석들에 대한 단서가 아주 없는 것도 아니었다.

이안은 아주 오래 전에, 이미 드라코우를 만난 적이 있었으니 말이다.

'용의 제단. 그 지하를 지키던 용족들이 분명히 드라코우였어.'

날개 달린 도마뱀의 형상을 하고 있는 일반적인 드래곤과는 달리, 동양 신화의 청룡처럼 뱀장어 같은 생김새를 가지고 있던 드라코우.

과거 여의주를 찾기 위해 숨어 들어갔던 '용의 제단'에서, 이안은 분명 그들을 만난 기억이 있었다.

'쩝, 거기에 다시 갈 수만 있으면 퀘스트 쉽게 할 수 있을 텐데…….'

이안은 아쉬운 마음에 입맛을 다셨다.

용의 제단은 인간계에 있는 맵이었고, 그곳을 지키던 드라코우들의 레벨은 420레벨 정도에 불과했었으니 말이다.

만약 그곳에 갈 수만 있다면 이 퀘스트는 너무 쉽게 클리어가 가능할 터.

하지만 카일란이 그렇게 허술한 게임은 아니었다.

용의 제단이야 지금도 갈 수 있는 맵이었으나, '드라코우'들이 있던 곳은 시간제한 던전이 발동해야 진입이 가능했다.

그리고 그때 이안이 돌파했던 시간제한 던전은, 이안이 여의주 퀘스트를 깬 후 없어진 지 오래였다.

'뭐 생김새라도 알고 있으니, 조금은 찾기 쉬우려나?'

거대한 드라코우의 외형을 다시 한 번 떠올리며, 뒷머리를 긁적이는 이안.

그런데 다음 순간, 이안의 머릿속에, 돌연 누군가의 얼굴이 떠올랐다.

그리고 그 얼굴이 떠오름과 동시에, 머릿속이 맑아지는 것 같은 느낌이 들었다.

'그러고 보니, 노엘이가 용천에서 퀘스트 진행한다고 했었는데?'

일전에 이안은, 조건을 전부 충족했음에도 불구하고 용사의 마을로 넘어오지 않는 노엘에게 이유를 물어본 적이 있었다.

때문에 지금 카노엘이 용천에 있다는 사실을 알 수 있었던 것이다.

"어디 메시지나 한번 날려 볼까? 용천에 들어간다고 한 지 거의 보름은 됐으니 제법 빠삭하게 알 것 같은데."

낮은 목소리로 중얼거린 이안은 실실 웃으며 곧바로 길드원 목록을 오픈하여 카노엘에게 메시지를 보냈다.

–이안 : 노엘아, 지금 어디냐?

그리고 메시지에 대한 대답은, 이안조차도 놀랄 정도로 빨리 돌아왔다.

–카노엘 : 형님, 어쩐 일이세요? 저야 아직 용천에 있죠.

–이안 : 그래? 거기 어딘데? 얘기는 만나서 하고. 일단 위치부터 좀 알려 줘 봐.

이안과 카노엘은 어렵지 않게 만날 수 있었다.

카노엘이 있던 곳은 태초의 평원 바로 건너편인 '침묵의 과수원'이라는 곳이었고, 이안이 소환된 곳은 그 바로 옆에 솟아 있는 '고요의 바위산'이었으니 말이다.

그래도 시련 퀘스트가 최소한의 양심은 있었는지, 드라코우의 서식지인 태초의 평원에서 멀지 않은 곳에 소환시켜 준 것이다.

"여, 브로, 오랜만이야."

"형님, 아니, 용사의 마을에 있어야 할 사람이 여긴 대체 어쩐 일인 건데요?"

카노엘과 만난 이안은, 곧바로 퀘스트의 내용부터 공유해 주었다.

물론 퀘스트가 퀘스트인 만큼 공유됐다고 해서 받을 수 있는 것은 아니었지만, 쓰여 있는 내용 정도는 카노엘도 확인할 수 있었으니 말이다.

그리고 그것을 본 카노엘은, 휘둥그레진 눈으로 이안을 향해 입을 열었다.

"그러니까 형님."

"응."

"형님은 이미 영웅 계급이 된 거고, 중간자 위격 얻기 위한 마지막 퀘스트인 거죠, 이게?"

"음, 완전히 마지막인지는 모르겠지만, 거의 끝나 가기는 할 거야."

이안은 카노엘의 이해를 돕기 위해, 용사의 협곡에서 있었던 퀘스트의 전개를 간략하게 설명해 주었다.

그리고 이안의 오랜 추종자답게, 카노엘은 그의 말이 끝날 때마다 감탄사를 연발하였다.

"캬, 역시 이안갓!"

그에 이안은, 피식 웃으며 말을 이었다.

"그래서 네 도움이 좀 필요해서 연락했어. 아무래도 용천에 가장 오래 있었던 네가 여길 제일 잘 알 테니까 말이야."

"물론이죠, 형님. 제가 도움이 될 수 있다니 뿌듯합니다요."

이제 갓 고등학생인 나이에 어울리지 않게 연신 형님을 외치는 카노엘을 보며, 이안은 고개를 절레절레 저었다.

'애가 아주 능글맞아졌어.'

하지만 한편으로는, 겜알못의 상징(?)이었던 카노엘의 도움을 받는 날이 오게 되었다는 사실이 무척이나 고무적이기도 하였다.

"그래서 노엘아. 너 드라코우가 어디 있는지는 알고 있는 거야?"

이안의 물음에, 카노엘은 자신감 넘치는 표정으로 고개를 끄덕이며 대답하였다.

"물론이죠, 형. 드라코우는 여기서 멀지 않은 곳에 있어요."

"오, 그럼 생각보다 쾌 진행하기가 수월하겠는데?"

카노엘의 대답에, 이안의 표정은 한층 더 밝아졌다.

드라코우가 얼마나 강할지는 아직 미지수였지만, 어쨌든 카노엘 덕에 쉽게 위치를 찾아낼 수 있게 되었으니 말이다.

하지만 이안이 다시 입을 떼려던 그 순간, 어디선가 낯선 목소리가 두 사람의 대화에 끼어들었다.

"인간, 그대의 능력으로 드라코우를 상대하는 것은 쉽지 않을 것이다."

목소리를 들은 이안은, 순간적으로 그 방향을 향해 고개를 돌렸다.

그리고 목소리가 들려온 방향에는, 처음 보는 적발의 예쁘장한 여자가 앉아 있었다.

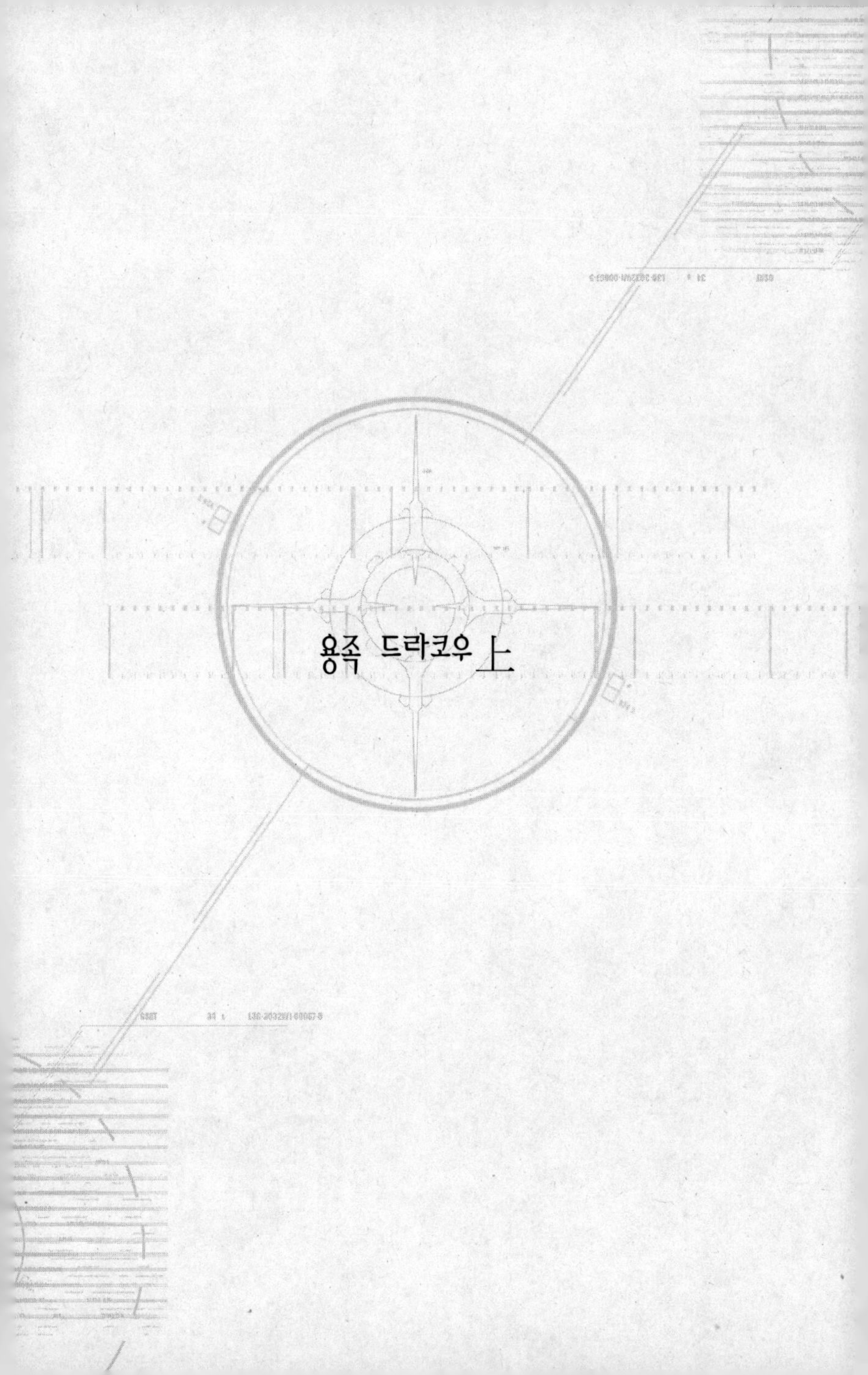

용족 드라코우 上

Taming
Master

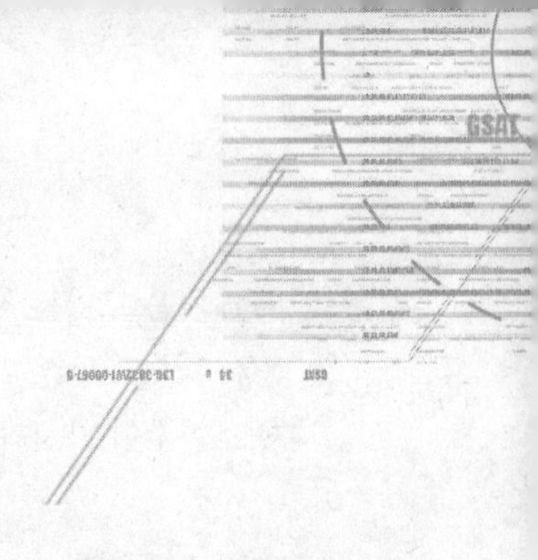

살짝 푸른 빛이 섞여 있는 적발에, 비슷한 색상의 눈동자를 가진 신비로운 분위기의 여인.

그녀와 눈이 마주친 이안은, 의아한 표정을 하고선 입을 열었다.

"응? 넌 누군데?"

"난 아시라스. 자운紫雲의 수호자다."

이어서 어리둥절한 표정이 된 이안이 카노엘을 향해 고개를 돌리며 물었다.

"노엘아, 재 누군지 알아?"

그에 멋쩍은 표정이 된 카노엘이 뒷머리를 긁적이며 이안을 향해 말했다.

"오늘 처음 보기는 하는데……. 누군지는 알 것 같네요."

"음? 그건 또 무슨 말이야?"

"제 소환수인 카시라스가 자운룡이거든요."

"……?"

"제 생각에 아마 저 친구가 카시라스가 말했던 쌍둥이 누이인 것 같네요."

아직도 궁금증이 전부 풀리지 않은 이안이 뭐라 입을 열려 하였다.

그러나 그의 말은 이어질 수 없었다.

카노엘의 뒤에 서 있던 적발의 남자가 불쑥 튀어나오며 입을 열었으니 말이다.

"아시라스, 자운곡紫雲谷을 지키고 있어야 할 네가 이곳에는 어쩐 일인가."

"곡주께서 깨어나셨다."

"……그게 정말인가?"

"그래. 해서 네게도 알려 주기 위해 온 것이다."

"흐음……. 그렇군."

무슨 의미인지 알 수 없는 말을, 무척이나 진지한 표정으로 나누는 두 남매.

이안은 그런 그들을 힐끔 보며, 카노엘의 귀에 대고 수근거렸다.

카노엘은 어쩐지, 살짝 불안한 표정이었다.

"재들 대체 무슨 말을 하는 거냐?"

"제가 진행 중인 퀘스트 관련된 이야기 같은데요."

"음……?"

"제가 지금 용린패라는 걸 구해야 하거든요."

"그런데?"

"그걸 구해서 자운곡주에게 가져다주는 퀘스트를 진행 중이었는데……."

"흐음?"

"원래 그게 시간제한이 없는 퀘스트였는데, 자운곡주가 깨어났으니 이제 시간제한이 생기겠네요."

"뭔가 안타깝게 됐군."

"……."

"그런데 재들은 쌍둥이 남매라면서, 뭐 저렇게 삭막한 말투로 가오 잡으면서 대화하는 거냐?"

"저도 몰라요, 형……."

퀘스트의 변동으로 인해 심히 우울한 표정이 된 카노엘과 심각한 표정으로 이야기를 나누는 두 드래곤.

하지만 그 내용이 이안과는 아무런 상관없는 것이었으니, 그는 아시라스를 향해 다시 입을 열었다.

"야, 빨간 머리. 아까 나한테 하던 말이나 이어서 해 봐."

"건방진 인간이로군. 무슨 말을 해 보라는 것인가?"

"내가 드라코우를 상대하기 힘들 거라며?"

"그렇다."

"그 이유도 같이 알려 줘야 할 것 아니야."

이안의 말에 아시라스는 귀찮다는 듯한 표정을 지으며 대답하였다.

"그 이유야 너무 뻔한 것 아닌가."

"……?"

"드라코우는 강하고, 그대는 약하다."

"내가 약하다는 근거는?"

그에 아시라스는 코웃음을 치며 대꾸했다.

"이 용천에 머무는 용족들 중 중간자의 위격조차 얻지 못한 자가 상대할 수 있을 만한 종족은 없다, 건방진 인간이여."

카일란을 플레이하면서, 정말 오랜만에 들어 보는 NPC의 무시 발언.

그에 이안은 살짝 발끈하였지만, 이 와중에도 그의 머릿속은 빠릿빠릿하게 회전하고 있었다.

'저 거만한 녀석을 살살 긁어서, 정보를 좀 더 캐 봐야겠어.'

이안은 아시라스를 자극하기 위해 더욱 거드름을 피우며 말을 잇기 시작하였다.

"이 근방에 있다는 드라코우들의 초월 레벨이 몇이나 되는데? 끽해야 한 40레벨 정도 아니겠어?"

"으음?"

"그 정도는 충분히 잡을 수 있을 것 같은데 말이지."

이안의 말을 들은 아시라스는 적잖이 당황한 표정이 되었다.

중간자의 위격을 얻지 못한 인간 중 초월 10레벨을 넘긴 인간도 거의 없다고 알고 있는데, 40레벨 운운하는 이안의 패기를 접하니 당황스러울 수밖에 없는 것이다.

게다가 이안이 말한 드라코우들의 레벨이 거의 정확히 맞아떨어졌으니, 더욱 놀란 것.

흥미로운 표정이 된 아시라스는, 이안을 향해 다시 입을 열었다.

"어떻게 알았는지는 모르겠지만, 정확히 맞췄다, 인간."

"으음?"

"드라코우들의 초월 레벨은 평균 40레벨 정도."

"……!"

"대체 중간자의 위격조차 얻지 못한 인간이 어떻게 초월 40레벨대의 용족들을 상대한다는 건지는 모르겠지만, 패기 하나는 인정해 줄 만하군."

그리고 아시라스의 말이 끝나자마자, 이안은 그대로 얼어붙고 말았다.

물론 그녀가 눈치챌 정도로 티 나게 당황한 것은 아니었지만 말이다.

'뭐……? 정말 초월 40레벨이 넘는다고?'

사실 이안이 초월 40레벨 운운한 것은, 살짝 허세 섞인 발언이었다.

이안은 드라코우들의 레벨이 높아 봐야 30레벨 안팎일 거라고 예상했으니 말이다.

지금의 스펙으로 30레벨 정도는 충분히 감당할 수 있을 것이라 생각하여 허세를 부려 보았던 것이었는데, 40레벨이라는 수치는 이안으로서도 당황할 수밖에 없는 수준이라 할 수 있었다.

그런데 지금 이 순간, 사실 가장 당황한 것은, 그 누구도 아닌 카노엘이었다.

이안의 초월 레벨이 20인 것조차 아직 모르는 카노엘은 그야말로 혼란에 빠져 버린 것이다.

"형, 정말 가능한 거…… 맞아요?"

이안과 카노엘을 남겨 둔 채, 카시라스와 아시라스는 자운곡으로 떠났다.

깨어난 자운곡주를 영접하기 위해, 자운곡에 다녀온다는 것이다.

그리고 카노엘의 말에 의하면, 카시라스가 돌아오는 순간 그의 히든 퀘스트가 다시 시작될 것이라 하였다.

얼마가 될지는 모르지만, 제한 시간도 덤으로 생길 것이고 말이다.

“큰일 났어요, 형.”

“뭐가 큰일 나?”

“용린패 구하려면 저도 태초의 평원으로 가야 하는데, 드라코우들 초월 레벨이 40레벨이라잖아요.”

“그랬지.”

“시간이라도 많으면 용사의 마을부터 졸업하고 돌아오겠는데, 그럴 시간은 도저히 안 나올 것 같거든요.”

“빨간 머리들 돌아오는 데 얼마나 걸리는데?”

“그 의식이라는 게 제법 시간이 걸리기는 하지만, 아무리 오래 걸려도 일주일 내로는 돌아올 거예요.”

“확실히 용사의 마을 뛰어들기엔 부족한 시간이네.”

“망한 거죠, 뭐. 퀘스트 포기해야 되게 생겼잖아요. 으, 중간자 위격 얻은 다음에 도전했어야 하는 퀘스트였는데……크흑.”

카노엘의 초월 레벨은 10이다.

아무리 노력한다 하더라도, 40레벨대라는 드라코우들이 득실거리는 태초의 평원에 갈 수 있는 상황은 아닌 것이다.

하지만 초조한 표정인 카노엘과 달리, 이안은 여느 때와 다를 바 없이 심드렁한 얼굴로 대답하였다.

“그거 중요한 퀘냐, 노엘아.”

“당연하죠, 형. 클래스 티어 올려 주는 퀘스트라니까요?”

"그럼 깨면 되지."

"……?"

"형만 믿고 따라와."

"네? 저 지금 카시라스도 없는데, 어쩌시려고요?"

"어허, 형 못 믿냐?"

"믿습니다."

물론 이안의 자신감의 근거가 어디서 나오는지는 알 수 없었다.

하지만 카노엘은 이안의 말에 고개를 끄덕이며 눈을 초롱초롱 빛냈다.

지금껏 이안이 한다고 해서 못한 것이 없고, 된다고 해서 안 된 것이 없었으니.

이안 덕에 지금까지 성장할 수 있었던 카노엘로서는 그의 말이 거의 진리였으니 말이다.

"크흠."

한차례 헛기침을 한 이안이, 다시 카노엘을 불렀다.

"노엘아."

"예, 형님."

"일단 나한테 정보 하나만 던져 줘 봐."

"무슨…… 정보요?"

"너 지금까지 용천 돌아다니면서, 쟁여 뒀던 던전 같은 거 있었을 거 아냐."

"……!"

"그중에 제일 알짜 같은 놈으로다가, 하나 던져 줘 봐."

카노엘은 아직 용사 계급이 되지 않았다.

아니, 용사 계급은커녕 용사의 마을에 입성조차 한 전적이 없다.

때문에 지금은 아무리 사냥을 뛰어도 경험치가 오르지 않는 상태였다.

그렇기 때문에 히든 던전을 발견했다 해도 퀘스트와 관련되지 않은 곳이라면 들어가지 않았을 것이었다.

나중에 초월 레벨을 올릴 수 있게 되었을 때, 다시 찾아오기 위해서 말이다.

'아마 지금껏 돌아다니면서 제법 많은 던전을 발견했을 테고……. 대부분 좌표만 찍어 두고 전부 스킵했겠지.'

그리고 그러한 이안의 예측은 정확히 맞아떨어졌다.

"이, 있기는 한데……."

"그런데?"

"지금 레벨 업도 할 수 없는데, 최초 입장 보상이 아깝잖아요."

그에 이안은 손가락을 까딱이며, 다시 입을 열었다.

"넌 레벨 업 할 수 없겠지만, 난 할 수 있어."

"네? 형, 중간자 위격 아직이라고 하지 않았어요?"

"그건 그런데, 레벨 업은 가능한 상황이야."

"……!"

"쟁여 뒀던 던전들 싹 공유해 주면, 형이 책임지고 그 퀘스트 클리어해 준다."

이안의 말이 끝나자, 카노엘의 얼굴에 수심이 깃들었다.

지금 그에게 있어서 이 퀘스트보다 중요한 것은 없었지만, 그렇다고 해도 쟁여 놓은 던전들이 아까운 것은 어쩔 수 없었다.

대부분 드래곤 테이머 클래스 관련 히든 퀘스트 덕에 찾아낼 수 있었던 유니크한 던전들이었으니 말이다.

하지만 결국, 카노엘에게 선택지는 하나뿐이었다.

히든 클래스인 '드래곤 테이머'의 티어 업 퀘스트는 이번에 놓치게 되면 언제 또 찾아낼 수 있을지 기약이 없었으니 말이다.

하여 카노엘은, 울며 겨자 먹기로 고개를 끄덕일 수밖에 없었다.

"알겠어요, 형. 그럼 일단 '침묵의 과수원'부터 가시죠."

"거기 평균 레벨 몇 정도 되는 맵인데?"

"대충 초월 레벨 13~16정도이니 사냥 난이도는 얼추 괜찮을 거예요."

"놉, 거기 경험치 먹어 봐야, 간에 기별도 안 오겠다."

"……?"

"평균 레벨 최소 23은 넘는 곳에서 시작하자."

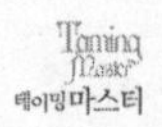

생각지도 못했던 영웅의 의식 난이도 상승으로 인해, 일주일 안에 졸업하려 했던 이안의 계획은 물거품이 되어 버리고 말았다.

아무리 이안이 뛰어나다 해도 40레벨대의 드라코우를 잡기 위해선 레벨 업에 또다시 적지 않은 시간을 투자해야 했으니 말이다.

그리고 본인의 레벨 업보다 더 중요한 것은, 비교적 많이 뒤처져 있는 소환수들의 레벨을 일정 수준 이상 끌어올리는 것이었다.

전체적인 전투력을 끌어올리지 않는다면, 퀘스트 진행이 쉽지 않을 테니 말이었다.

'소환수들 전부, 못해도 25레벨은 넘겨야 해.'

하여 거의 나흘 밤을 꼬박 새워 가며, 이안은 카노엘과 함께 용천의 던전들을 쉴 새 없이 공략해 나갔다.

카노엘의 역할은 거의 서포팅이었지만, 그것만으로도 녹초가 될 지경이었다.

띠링-!

-'구슬픈 바람의 계곡' 던전에 입장합니다.

-던전의 최초 발견자가 되셨습니다.

-앞으로 이틀 동안, 던전에서 획득하는 모든 경험치가 두 배가 됩니다.

–앞으로 이틀 동안, 던전에서 아이템을 획득할 확률이 두 배가 됩니다.

……중략……

–'윈드 드레이크'를 성공적으로 처치했습니다.

–레벨이 올랐습니다. 22레벨이 되었습니다.

……중략……

–레벨이 올랐습니다. 27레벨이 되었습니다.

–소환수 '카르세우스'의 레벨이 상승하였습니다.

–'카르세우스'의 레벨이 23이 되었습니다.

–'엘카릭스'의 레벨이 21이 되었습니다.

–'까망이'의 레벨이 24가 되었습니다.

……후략……

정말 말 한마디 제대로 나누지 못할 정도로, 쉴 새 없이 경험치 파밍을 감행하는 이안.

"살려 줘라, 주인아."

"크릉, 졸음이 쏟아지는군."

"뿍, 싸우다가 잠들겠뿍."

그리고 그렇게, 하루 정도가 더 지났을까?

자운곡으로 떠났던 카시리스가, 다시 카노엘이 있는 곳으로 돌아왔다.

이어서 그는, 카노엘을 향해 청천벽력과도 같은 말을 꺼내었다.

"주인, 아무래도 내일까지 용린패를 구해야 할 것 같다."

초월 레벨은 일반 레벨과 다르다.

일반 레벨이야 50레벨 이전의 구간까지 순식간에 레벨 업이 가능했지만, 초월 레벨은 아니라는 이야기다.

아무리 최초 발견 두 배 버프에 온갖 서포팅을 받으면서 레벨 업을 한다 해도, 나흘 동안 올릴 수 있는 레벨에는 한계가 있는 것.

카시라스가 돌아왔을 때 이안의 레벨은, 30조차 달성하지 못한 상황이었다.

현재 이안의 초월 레벨은 거의 30레벨에 근접한 29레벨 정도라고 할 수 있었다.

"야, 빨간 머리."

이안의 부름에, 카시라스와 아시라스가 동시에 돌아봤다.

그리고 그것을 본 카노엘이 고개를 절레절레 저으며 입을 열었다.

"형, 둘 다 빨간 머리잖아요."

"아, 그렇지."

뒷머리를 긁적이는 이안을 보며, 카시라스와 아시라스는 둘 다 무척이나 불만스러운 표정이었다.

"뭔가 마음에 안 드는 인간이군."

"건방진 인간. 내 이름은 빨간 머리가 아니라 아시라스다."

살짝 인상을 쓰며 입을 여는 아시라스를 향해, 이안이 핀잔을 주었다.

"그럼 뒤는 왜 돌아본 건데?"

"그, 그건……."

생각지 못했던 반격에 당황하여 말을 더듬는 아시라스.

그런 그녀를 본 이안이, 피식 웃으며 다시 말을 이었다.

"어쨌든 아시라스."

"말해 보라, 인간."

"그 '용린패'라는 게, 태초의 평원에 있을 거라고 했잖아."

"그랬지."

"그런데 지금 보니까 태초의 평원이 좀 넓은 게 아닌 것 같은데, 그냥 무턱대고 찾을 수는 없을 거 아냐?"

이안의 물음에, 카노엘 또한 귀를 쫑긋하며 이어질 아시라스의 말에 귀를 기울이기 시작하였다.

일단 태초의 평원으로 갈 생각만 했지, 구체적인 계획은 아직 생각해 놓은 게 없었기 때문이다.

그런데 그때, 이안의 눈앞에 생각지도 못했던 시스템 메시지가 떠올랐다.

띠링-!

-조건이 충족되었습니다.

-'용린패를 찾아서' 퀘스트가 생성됩니다.

"……?"

메시지를 본 이안은 당황하였다.

분명 카노엘이 공유해 줬던 퀘스트는 진행할 수 없다는 메시지와 함께 소멸하였는데, 뜬금없이 같은 이름을 가진 퀘스트가 생성되었으니 말이다.

하지만 퀘스트 창을 확인한 순간, 이안은 그 이유를 알 수 있었다.

퀘스트의 이름은 비슷할지언정, 내용도 틀리고 보상은 완전히 다른 별개의 퀘스트였던 것이다.

용린패를 찾아서(에픽)(히든)

*강력한 용족 '드라코우'들과의 일전을 준비하던 당신은 우연히 '자운'을 수호하는 수호룡들을 만나게 되었다.
그리고 그들은 당신이 자운곡주의 신물인 용린패 회수를 돕길 원하고 있다.
*용린패는 자운곡주의 신물이자 상징이다. 때문에 전대 자운곡주가 소멸하면서 함께 사라진 용린패를 즉위식 전까지 찾아내야만, 새 자운곡주가 즉위할 수 있게 된다.
새 자운곡주가 곡솜의 주인으로 즉위할 수 있도록, 카시라스와 아시라스를 도와 용린패를 찾아보자.
만약 용린패를 찾아내는 데 성공한다면, 자운곡주 '로야크'로부터 적지 않은 보상을 받을 수 있을 것이다.
퀘스트 난이도 : A-
퀘스트 조건 : 초월 레벨 25 이상.
'잃어버린 용린패(에픽)(히든)' 퀘스트 공유.
'전설' 등급 이상의 드래곤을 한 마리 이상 보유한 소환술사.
한 마리 이상의 자운의 수호룡과의 조우.

제한 시간 : 1일
보상 : 알 수 없음.

퀘스트 창을 빠르게 스캔한 이안은 갑자기 퀘스트가 왜 생성되었는지 알 수 있었다.

'그 사이에 초월 레벨이 올라서 조건이 충족된 거네.'

두 드래곤 남매와 처음 만났을 때 이안의 초월 레벨은 20이었다.

하지만 그들이 자운곡에 다녀온 사이 25레벨을 훌쩍 넘겼고, 덕분에 모든 조건이 충족되어 퀘스트가 생성된 것이다.

기쁜 감정을 주체하지 못한 이안의 광대가 씰룩거리기 시작하였다.

'크으, 이게 웬 떡이냐. 에픽 히든 퀘를 이렇게 쉽게 획득하다니. 게다가 난이도도 낮잖아?'

보상은 알 수 없다 쓰여 있었으나, 퀘스트 내용 중에 '적지 않은 보상'이라는 문구가 무척이나 마음에 들었다.

일반적으로 저런 문구가 존재하는 퀘스트 치고, 섭섭한 보상을 받아 본 기억이 없었기 때문이다.

물론 원래 퀘스트의 주인인 카노엘이 받을 보상보다야 급이 떨어지겠지만 말이다.

'노엘이 덕에 레벨도 많이 올리고, 이거 아주 꿀이군.'

흡족한 표정으로 퀘스트 창을 음미(?)하는 이안.

그런 그를 향해, 카시라스가 입을 열었다.

"아시라스 대신 내가 말해 주도록 하겠다."

"경청하도록 하지."

퀘스트 내용을 확인해서인지 한결 정중해진 이안의 말투에 고개를 갸웃한 카시라스가 천천히 말을 잇기 시작하였다.

"우리는 처음에, 사라진 용린패가 이 소천小天의 어딘가에 숨겨져 있을 것이라고 어렴풋이 짐작하였다. 용신께서 말씀하시길, '작은 하늘 아래 제왕의 힘이 숨겨져 있다' 하셨으니 말이다."

'소천'이란, 용천 안에서 태초의 평원을 지나기 이전까지의 모든 맵들을 통칭하는 단어.

이에 대해 이미 카노엘에게 들은 이안은 중얼거리듯 입을 열었다.

"그래서 노엘이랑 소천 여기저기를 들쑤시고 다닌 거였군."

카시라스는 고개를 끄덕이며 말을 이었다.

"그렇다. 하지만 공주께서 깨어나신 지금, 좀 더 구체적인 단서를 얻을 수 있었지."

"오호. 그게 뭔데?"

"용린패를 구하기 위해선, 그 완성품을 한 번에 찾아내야 하는 것이 아니었다는 사실이다."

"……?"

카시라스의 말을 들은 이안과 카노엘의 눈이 동시에 확대되었다.

전혀 생각지 못했던 말이었기 때문이다.

하지만 그에 아랑곳 않고 카시라스의 말은 계속해서 이어졌다.

"용족들이 희귀하게 가지고 태어난다는 금린錦鱗. 이 세 종류의 금린을 모아서 '자운석紫雲石'에 부착해야, 비로소 용린패가 완성될 것이다."

태초의 평원에 살고 있는 용족은 '드라코우'뿐이다.

그런데 카시라스의 말에 따르면, 세 종류의 금린을 모아야 한다고 했다.

그렇다면 나머지 두 종류의 금린. 그리고 '자운석'이라는 물건은 어디서 얻어야 하는 것일까?

그에 대한 답은 카노엘이 알고 있었다.

"형은 드라코우만 맡아서 진행해 줘. 나머지 두 종류 금린은 내가 충분히 구할 수 있을 것 같아."

"어떻게?"

"고요의 바위산이랑 침묵의 과수원에 서식하는 용족에게서 금린을 얻을 수 있거든."

"너 혼자 가능하겠어?"

"응. 거긴 초월 레벨 평균 15 정도인 구간이라, 나도 충분히 가능할 것 같아."

"그럼 자운석은 어쩔 건데?"

"그건 이미 이전 퀘스트 보상으로 받아서 인벤토리에 쟁여뒀어."

"좋아, 그럼 답 나왔네."

"시간이 없으니까, 나눠서 움직이자고."

"알겠어. 콜!"

이안이야 중간에 난입(?)한 상태였지만, 노엘은 이미 이 퀘스트를 한 달 가까이 진행 중이었다.

덕분에 이안의 입장에서는 복잡해 보였던 용린패 퀘스트가 간결하게 정리되었고 말이다.

'뭐, 드라코우의 용린을 구하는 게 가장 어려워 보이는 일이기는 하지만, 어차피 포획도 해야 하니 못할 것도 없지.'

하지만 모든 내용이 말끔하게 정리된 것처럼 보이는 지금, 이안에겐 아직 한 가지 의문이 남아 있었다.

그것은 바로, 이 퀘스트의 난이도가 왜 이리 낮게(?) 설정되어 있냐 하는 것이었다.

'아무리 다른 재료들을 노엘이가 쉽게 구할 수 있다고 해도 드라코우의 평균 레벨이 40인데, 어떻게 A-등급 난이도가 뜰 수 있는 거지?'

'A-'라는 난이도는, 카일란에서 결코 쉽지 않은 난이도의 퀘스트를 의미하는 수치였다.

대부분의 유저들의 경우 A등급의 퀘스트부터는 대부분 고전하는 것이 사실이었으니 말이다.

하지만 최근 들어 S등급 난이도의 퀘스트만 진행해 왔던 이안의 입장에서는, 눈에 보이는 난이도에 비해 설정된 등급이 낮아 보일 수밖에 없었다.

그리고 그 증거로, 드라코우를 포획하라는 이안의 퀘스트의 난이도는 SS등급이지 않은가?

하지만 이안의 이 의문은 곧 어렵지 않게 해결되었다.

이안이 노엘과 헤어지려는 순간, 기다렸다는 듯 시스템 메시지가 떠올랐으니 말이다.

띠링-!

-파티가 해제되었습니다.

-자운의 수호룡 '아시라스'가 파티에 합류합니다.

-'용린패를 찾아서 (에픽)(히든)' 퀘스트가 진행되는 동안 '아시라스'와의 파티가 유지됩니다.

-파티는 임의로 해제할 수 없으며, 다른 유저나 NPC가 파티에 합류할 수 없습니다.

이안은 자연스레 파티 창에 떠오른 아시라스의 정보를 볼 수밖에 없었고…….

"허억……!"

저도 모르게 입을 쩍 하고 벌릴 수밖에 없었다.

공개된 아시라스의 초월 레벨이 이안이 상상했던 수준을 훨씬 상회하였으니 말이다.

자운룡 아시라스 : Lv. 60(초월)

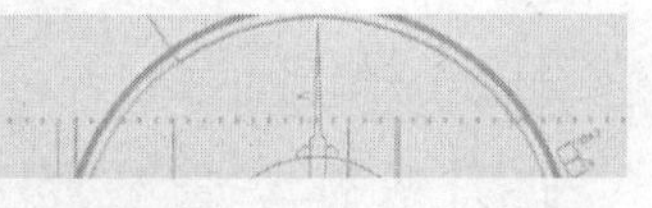

"인간, 자운紫雲의 주인께선, 용들을 다스리는 왕이자 어버이시다."

"그런데?"

"하지만 그분께선 그리 자비롭지 않으시지."

"대체 무슨 말을 하고 싶은 건데?"

"곡주께서 내리신 임무를 가벼이 봤다면, 크게 후회하게 될 것이라는 이야기다."

"……?"

"그대는 분명 드라코우를 상대할 수 있다 하였다."

"그랬지."

"만약 그 말이 거짓이라면, 큰 화를 면치 못할 것이라는 뜻이다."

"걱정 마. 있다가 내 죽창 보고 깜짝 놀라지나 말라고."

"죽창? 그런 저급한 무기를 쓴단 말인가."

이안과 함께 태초의 평원을 향해 이동하던 아시리스는, 아직도 이안이 미덥지 않은 듯한 표정이었다.

그리고 사실 그녀의 반응은 너무도 당연한 것이라고 할 수 있었다.

현재 30레벨도 채 되지 않는 이안의 초월 레벨은, 아시리스 레벨의 반토막밖에 되지 않는 수준이었으니 말이다.

게다가 이 퀘스트를 진행하기 위한 최소 조건이 초월 25레벨인 것이지, 그것이 적정 레벨인 것 또한 결코 아니었다.

원래 이 퀘스트는, 초월 35레벨 이상의 유저들이 진행하라고 만들어 놓은 퀘스트였으니 말이다.

그리고 그러한 사실들을 충분히 인지하고 있는 이안은 아시라스의 퉁명스런 반응이 딱히 기분 나쁘지 않았다.

다만 이 순간에도 이안은 초월 60레벨이라는 이 괴물 같은 녀석을 어떻게 이용해 먹을 수 있을지 계속해서 궁리 중일 뿐이었다.

'초월 60레벨이면 루가릭스보다도 레벨이 높은 거잖아? 아니, 루가릭스도 그동안 레벨이 올라 있으려나?'

아시리스의 쌍둥이 동생인 카시리스는 카노엘에게 테이밍되었기 때문에 제 힘을 발휘할 수 없다.

그리고 그 방증으로, 카시리스의 초월 레벨은 10에 불과하다.

카노엘이 아직 중간자의 위격을 얻지 못했기 때문이었다.

하지만 아시리스의 초월 레벨은 보다시피 어마어마했다.

'이 친구를 어떻게 구슬려 먹어야 뽕을 뽑을 수 있을까?'

아시리스의 등에 타 백룡강을 건너는 와중에도 계속해서 잔머리를 굴리는 이안.

그리고 카노엘과 헤어진 지 10여 분 정도가 지났을까?

다른 생각을 하느라 초점 없던 이안의 눈이 순간 번쩍 뜨여졌다.

널따란 강의 중심부에, 거대한 용오름이 솟아오르고 있기 때문이었다.

강을 타고 흐르는 물줄기를 거대하게 휘감으며, 하늘 높이 솟구쳐 구름까지 이어져 있는 거대한 소용돌이.

심지어 이 소용돌이는 한두 개가 아니었다.

총 일곱 개의 크고 작은 소용돌이들이, 일정한 패턴을 이루며 하늘 높이 솟아 있었던 것이다.

지금까지 수년간 카일란을 하면서도 처음 보는 어마어마한 광경에, 이안의입이 쩍 하고 벌어졌다.

"저게 뭐야, 아시라스?"

이안이 휘둥그레진 눈으로 용오름을 가리키자 아시라스는 피식 웃으며 대답했다.

"용오름이라는 거다, 인간."

"그냥 자연 현상이야?"

"음……. 자연현상의 기준이 뭔지 잘 모르겠지만, 굳이 따지자면 반반이라고 해야 할까?"

"그건 또 무슨 소리야?"

"용들의 힘을 자연현상의 범주 안에 넣는다면, 이 또한 자연 현상이라 할 수 있겠지."

"……!"

이안이 놀라는 동안, 그를 태운 아시라스는 빠르게 비행하여 용오름을 향해 다가갔다.

이어서 날개의 각도를 비스듬하게 틀어 내리며, 용오름의 사이를 여유롭게 통과해 냈다.

쏴아아-!

그런데 바로 그 순간!

띠링-!

이안의 눈앞에 새로운 시스템 메시지가 떠올랐다.

-에픽 던전, '승룡문昇龍門'을 최초로 발견하셨습니다.

-명성(초월)이 100만큼 상승합니다.

-조건이 충족되지 않았습니다.

-아직 입장할 수 없는 던전입니다.

-'중간자'의 위격을 가진 자만이 던전에 입장할 수 있습니다.

-중천中天으로 향하는 입구를 발견하셨습니다.

……후략……

예상치 못했던 타이밍에 주르륵 하고 쏟아지듯 나타나는

새로운 시스템 메시지들.

이안은 그것들을 빠르게 읽어 내려가며, 한 가지 사실을 추측해 볼 수 있었다.

'중천으로 향하는 입구라……. 여기가 던전이자 상위 맵으로 이동하는 통로인 건가?'

그리고 그 추측을 확인해 보기 위해, 아시라스를 향해 입을 열었다.

"야, 빨간 머리."

'빨간 머리'라는 말에 아시라스의 표정이 살짝 구겨졌지만, 이제 포기한 것인지 그녀는 별다른 반응 없이 대답하였다.

"왜 부르는가, 건방진 인간."

"이 승룡문이라는 곳이 중천과 연결되어 있는 통로인 거야?"

"그렇다. 승룡문을 따라 하늘을 오르다 보면, 진정한 용들의 땅에 도달할 수 있지."

"그렇군."

"하지만 어지간한 능력으로는 승룡문을 오를 수 없을 것이다."

"그래?"

"이곳, 소천에 있는 거의 모든 용족들이 이 승룡문을 오르지 못하여 이곳에 남아 있는 것이니 말이다."

"아하."

고개를 끄덕인 이안은, 본능적으로(?) 아시라스의 자존심을 긁는 질문을 덧붙였다.

"그럼 너도 저기 못 올라가서 여기에 있는 거냐?"

이안의 질문에, 아시라스는 인상을 팍 쓰며 퉁명스레 대꾸하였다.

"나야 당연히 중천에 오를 수 있다. 승룡문조차 통과하지 못하는 용이 어찌 자운의 수호룡이 될 수 있을까?"

아시라스와의 대화를 통해, 이안은 용천의 대략적인 구조가 머릿속에 그려지는 것을 느꼈다.

'흐흐, 적어도 용사의 마을을 졸업하자마자 뭐부터 해 봐야 할지 계획은 서는군.'

이안은 용사의 마을을 졸업하고 중간자의 위격을 획득하면, 곧바로 저 '승룡문'이라는 이름의 던전에 도전해 볼 생각이었다.

용천의 본격적인 콘텐츠들도 즐기고 오래 전에 찜(?)해 놓은 소환수 루가릭스를 찾으러 갈 겸, 기분이 좋아진 이안의 입꼬리가 슬쩍 말려 올라갔다.

'크크, 다른 곳은 몰라도 이 용천의 콘텐츠만큼은 싹 다 독식해 주겠어.'

물론 정령계나 명계와 같은 다른 중간계의 콘텐츠들도 아직까지 이안만큼 많이 진행한 유저는 없는 것이나 다름없다.

하지만 그렇다고 해도, 이미 그곳들은 수많은 유저들이 발을 들인 땅.

이제 본격적으로 용사의 마을 졸업자들이 나오기 시작한다면, 순식간에 포화될 곳들이라 할 수 있었다.

하지만 이곳, 용천은 다르다.

사실상 카노엘과 이안을 제외한다면, 아직 이 용천이라는 곳이 있다는 사실조차 아는 사람이 드물었으니 말이다.

그리고 이안이 이런저런 계획을 머릿속으로 세워 보는 동안, 용오름의 사이를 빠져나온 아시라스가 진지한 목소리로 입을 열었다.

"이제 긴장하는 게 좋을 것이다, 인간."

그에 전방을 향해 시선을 돌린 이안이 반색하며 입을 열었다.

"오, 강 다 건넜네? 여기부터 태초의 평원인가?"

그리고 이안의 그 중얼거림이 끝나기가 무섭게, 눈앞에 새로운 시스템 메시지들이 또다시 생성되었다.

띠링-!

-용들의 대지 '태초의 평원'을 최초로 발견하셨습니다!

-명성(초월)이 50만큼 상승합니다.

-지금부터 24시간 동안 '태초의 평원'에서 획득하는 모든 경험치가 50퍼센트만큼 상승합니다.

-지금부터 24시간 동안 '태초의 평원'에서 아이템을 획득할 확률이 50퍼센트만큼 증가합니다.

언제 보아도 반가운 '최초 발견' 메시지들.

그런데 메시지를 확인한 이안은 뭔가 불만스런 표정이었다.

'에이, 여긴 버프가 왜 이렇게 짜? 당연히 두 배 버프일 줄 알았는데…….'

최초 발견 보상 버프는 100퍼센트만큼 증가하는 것이 일반적인데, 이곳의 버프는 고작(?) 50퍼센트뿐이었기 때문이다.

하지만 그러한 이안의 불만은 금세 쏙 들어갈 수밖에 없었다.

마지막에 떠오른 세 줄의 메시지가 이안을 설레게 만들었기 때문이다.

―지금부터 24시간 동안 '태초의 평원'에서 '용린'을 획득할 확률이 100퍼센트만큼 증가합니다.

―지금부터 24시간 동안 '태초의 평원'에서 '천룡'이 등장할 확률이 500퍼센트만큼 증가합니다.

―지금부터 24시간 동안 '태초의 평원'에서 '천룡의 비늘' 아이템을 획득할 확률이 1,000퍼센트만큼 증가합니다.

태초의 평원과 천룡 그리고 천룡의 비늘.

메시지를 전부 확인한 이안은, 기억 한구석에 잠들어 있던 조각들이 하나씩 맞춰지는 것을 느낄 수 있었다.

'그래, 태초……! 이 단어를 처음 봤을 때부터 왠지 익숙하다 생각했었는데 말이지.'

이안은 번개같이 인벤토리를 열어, 쌓아 둔 아이템들을 뒤지기 시작하였다.

그리고 그 속에서 원하던 아이템을 찾아낼 수 있었다.

–'태초의 마룡' 연성 레시피 아이템을 꺼냈습니다.

이어서 이안은, 자신의 기억이 맞길 바라면서 오랜만에 레시피의 정보 창을 오픈해 보았다.

'태초의 마룡' 연성 레시피

분류 : 잡화 **등급 :** 신화 (초월)
베이스 마수 : '신화' 등급 이상인 드래곤 종족의 마수.
재료 마수 : '신화' 등급 이상인 태초의 마수.
재료 A. '마룡'의 영혼 결정.
재료 B. 마신의 혈옥血玉
재료 C. 천룡의 비늘
재료 D. 최상급 원소 결정
*마수 연성술이 10레벨에 이른 연성술사만이 시도할 수 있는 레시피입니다.
*성공률이 무척 낮은 레시피입니다. '전설' 등급 이상의 마령석과 함께 연성하는 것을 추천합니다.
*유저 '이안'에게 귀속된 아이템입니다.
다른 유저에게 양도하거나 팔 수 없으며 캐릭터가 죽더라도 드롭되지 않습니다.

과거 이안이 정령계에 처음 입성하기 전.

그리퍼로부터 얻을 수 있었던 '태초의 마룡' 연성 레시피.

태초의 평원에 들어서며 떠오른 최초 발견 메시지를 확인한 이안은, 이 레시피의 재료였던 '천룡의 비늘'을 곧바로 떠올릴 수 있었던 것이다.

그리고 천룡의 비늘이 레시피에 들어가는 재료였다는 사실을 떠올린 순간, '태초'라는 단어가 왜 낯익었는지도 깨달을 수 있었다.

'여기 온 김에 천룡의 비늘은 무조건 구해야 해. 어쩌면 천룡이라는 몬스터 자체가 이 태초의 평원에서만 나오는 녀석들일 수도 있어.'

물론 재료가 되는 마수들인 '신화' 등급 이상인 드래곤 종족의 마수와 '신화' 등급 이상의 태초의 마수를 얻는 것부터 시작해서 마신의 혈옥과 최상급 원소 결정을 얻는 것까지.

아직까지 어디서 어떻게 얻어야 할지조차 알 수 없는 재료들이 쌓여 있기는 하였지만, 그래도 이안은 무척이나 고무적이었다.

가장 막막했던 재료 중 하나의 단서가 의뢰로 쉽게 나타났으니 말이다.

'어차피 드라코우의 금린을 구하기 위해선 미친 듯이 녀석들을 사냥해야 해. 그러다보면 천룡이라는 녀석을 만날 수도 있을 테고, 녀석의 비늘도 구할 수 있겠지.'

최초 발견 버프가 지속되는 시간은 24시간.

그리고 노엘의 퀘스트를 클리어하기 위해 남아 있는 제한 시간은 22시간 남짓.

원래도 철철 흘러넘치고 있었던 이안의 의욕이 더욱더 강렬히 불타오르기 시작하였다.

콰아아-!

거대한 용오름들의 사이에서 들려오던 물소리가 점점 멀어지면서, 이안을 태운 아시라스는 곧 강변에 도착하였다.

쿠웅-!

이어서 묵직한 소리와 함께 내려앉은 아시라스는 이안이 등에서 내리자마자 다시 인간의 형태로 폴리모프하였다.

우우웅.

자줏빛의 머리카락에 자색 눈동자를 한 아시라스의 인간형 외모는, 사랑의 숲을 지키는 엘프 이리엘에 비견될 정도였다.

물론 아무리 아름답다 한들, 이안에게 그녀는 버스기사로 보일 뿐이었지만 말이다.

"휘유, 강이라기에 금방 건널 수 있을 줄 알았더니, 거의 1시간 가까이 걸려 버리네."

이안의 투덜거림에, 아시라스가 살짝 핀잔을 주었다.

-인간, 쓸데없는 소리는 그만하고, 전투 준비에 집중하라.

"거 참, 빡빡한 친구네. 그렇지 않아도 장비 점검 중이었다고."

티버를 갈아 내어 만든 최상급 장비들의 상태를 꼼꼼히 확인한 이안은 전투에 들어가기 전 필요한 정보들을 아시라스에게 물어보기 시작하였다.

물론 과거에 드라코우를 상대해 본 경험이 있긴 하지만, 너무 오래 전의 일이었으니 말이다.

"녀석의 고유 능력에 대해 아는 것 있으면 좀 알려 줘 봐. 주의해야 할 점이라든가……."

-드라코우에 대해 주의해야 할 점이라기보단, 모든 용족들을 상대함에 있어 주의해야 할 것이 있다.

"그게 뭔데?"

-그들이 사용하는 모든 마법들이 '용언 마법'이라는 것이지.

"……?"

-용언 마법은 일반적인 마법들과 달라서, 캐스팅 시간이 존재하지 않는다. 따라서 인간 마법사들을 상대할 때처럼 대응한다면, 큰 코 다칠 거다.

아시라스의 말을 들은 이안은, 몇 가지 의문점이 생겼다.

그녀가 말하는 '용언 마법'이라는 것에 대한 개념을 이해하지 못한 것은 아니었으나, 다른 부분에서 궁금증이 생긴 것이다.

"용족이라는 개념이 대체 뭐야? 일반 드래곤들은 용족이 아니야?"

지금 이안의 소환수인 카르세우스나 엘카릭스는 분명 드

래곤이다.

한데 이들이 인간형으로 폴리모프한 채 쓰는 마법들은, 딱히 인간 마법사들이 쓰는 마법들과 다를 것이 없었다.

때문에 이안에게 이런 궁금증이 생긴 것이다.

이러한 이야기들을 들은 아시라스는 살짝 놀란 표정이 되어 입을 열었다.

-오호, 인간. 그대가 드래곤과 계약을 맺은 소환술사인 줄은 몰랐군.

그리고 이어진 그녀의 말들은, 제법 흥미로운 것들이었다.

-지금 그대와 계약한 드래곤이 용언 마법을 사용하지 못하는 것은, 사실 당연한 것이다.

"어째서?"

-계약자인 그대가 아직 중간자의 위격을 얻지 못했기 때문이지. 마치 나의 동생 카시라스가 지금 용언 마법을 사용하지 못하는 것처럼 말이다.

"아……!"

-그리고 한 가지의 이유가 더 있을 수 있다.

"하나 더……? 그게 뭔데?"

잠시 뜸을 들인 아시라스가 천천히 말을 이었다.

-아직 그 드래곤이 영혼에 내재되어 있는 진정한 자신의 위격을 깨우지 못했을 수도 있다. 어떤 영혼이든 지상계에 오래 머물다 보면, 본래의 위격이 봉인될 수밖에 없을 테니 말이다.

"오호."

–그리고 그 본래의 위격이 어떤 수준이었는지에 따라서, 그것이 깨어났을 때 비약적인 성장을 이룰 수 있겠지.

아시라스의 말을 전부 다 들은 이안은 점점 더 설레는 것을 느꼈다.

지금도 충분히 강력한 카르세우스 등의 소환수들이 한 단계 높은 차원으로 발전할 수 있는 길이 열린 것 같았으니 말이다.

널찍한 태초의 평원 곳곳에, 드라코우는 그야말로 널려 있었다.

그 거대한 몸집을 가진 대형 뱀장어 같은 몬스터들이 마치 일반 몬스터처럼 떼 지어 서식하고 있었던 것이다.

인간계에 가면 하나하나가 준보스급 몬스터처럼 느껴질 녀석들이 모여 있으니, 위화감이 들 정도였다.

'용의 제단에서 봤던 드라코우는 저것보다 담백(?)하게 생겼었던 것 같은데.'

그리고 드라코우를 발견하자마자 이안에게 돌발 퀘스트가 하나 떠올랐다.

띠링–!

–'강함을 증명하라(돌발)' 퀘스트가 발생합니다.

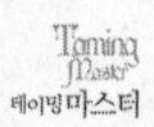

그리고 그 퀘스트의 내용은 간단했다.

아직도 이안의 전투력에 대해 의구심을 품고 있는 아시라스로부터 충분히 강력하다는 것을 인정받으라는 내용이었으니 말이다.

'아시라스의 도움 없이 다섯 마리 이상의 드라코우를 처치하라……. 확실히 쉽지만은 않은 미션이군.'

따로따로 있는 드라코우를 한 마리씩 각개격파하는 것은 이안도 자신 있었지만, 저렇게 군락을 형성한 놈들 사이에서 다섯을 처치하는 것은 확실히 어려운 문제였다.

'거참 까탈스러운 친구란 말이지. 같이 싸우면서 지켜봐도 충분할 텐데 말이야.'

하지만 그렇다고 한들, 이안이 자신감을 잃은 것은 아니었다.

퀘스트 내용을 확인한 그는 일말의 망설임도 없이 성큼 성큼 드라코우를 향해 접근하기 시작하였으니 말이다.

최초 발견 버프가 지속되는 1분 1초가 아까운 이안에게 노닥거릴 시간 따위는 없었다.

그리고 그런 이안을 따라오며 아시라스는 계속해서 쫑알(?)대었다.

–그대가 강함을 증명할 때까지 나는 그대를 돕지 않을 것이다.

"그러던가."

–지금이라도 포기한다면 곡주께는 고하지 않겠다, 인간.

"거 참, 같은 말 계속 반복하기 지겹지도 않냐?"

그러나 드라코우의 군락群落에 도착하여 이안이 소환수들을 소환하기 시작하자, 미덥지 않은 표정으로 이안을 바라보던 그녀의 눈빛이 조금씩 달라지기 시작하였다.

외모와 어울리지 않는 말투로 계속해서 쫑알거리는 것은 그대로였으나, 그 내용이 확연히 달라진 것이다.

—아니, 전신戰神의 힘이 느껴지는 드래곤이라니……!

—이, 이건! 이렇게 성스러운 힘을 가진 드래곤은 처음 보는군!

—끝을 알 수 없는 심연의 힘……! 대체 그대의 정체는 무엇인가! 그대 역시 카시라스의 계약자처럼 드래곤 테이머였던 것인가?

하지만 이안은 그녀의 물음에 일일이 대답해 줄 시간이 없었다.

방금 생성된 귀찮은 돌발 퀘스트를 최대한 빨리 클리어해야 했으니 말이다.

'캐스팅 시간이 없는 마법을 사용한다는 건 확실히 큰 변수가 되겠지. 평소보다 더 긴장하면서 움직임에 반응해야 해.'

소환된 할리의 등에 오른 이안은 조심스러운 움직임으로 드라코우들을 향해 다가갔다.

초월 레벨을 골고루 많이 올렸다고는 하나 아직 소환수 개체들의 전투력이 이안을 따라잡을 정도는 아니었기에, 이안 본인이 직접 전투를 개시할 생각이었다.

군락의 뒤편에 있는 암벽으로 올라간 이안은 수없이 많이 모여 있는 드라코우들을 보며 식은땀을 훔쳤다.

'후우, 저기 그대로 뛰어드는 건 확실히 자살행위겠어.'

지금 이안이 접근하고 있는 드라코우의 군락은 백룡강과 이어진, 태초의 평원 동남쪽의 커다란 호수변.

이안은 이 지형을 이용하여, 최대한 적은 숫자의 드라코우를 따로 분리시켜 상대할 생각이었다.

눈을 빛낸 이안이 작은 목소리로 중얼거리듯 입을 열었다.

"마그비, 소환!"

화르륵-!

무리지어 있는 몬스터를 하나씩 빼내기 위해서 활질만큼 좋은 수단은 없는 것.

오랜만에 죽창(?)을 집어넣고 보주를 꺼내 든 이안은, 화염시를 소환하여 시위를 당기기 시작하였다.

핑- 피핑- 핑-!

그리고 언제나 그래 왔듯, 이안의 화살은 정확히 목표물에 틀어박혔다.

드라코우들은 그 생김새에 걸맞게 뭍에서 서식하는 몬스터들이었다.

하지만 그 '물'이라는 것이 일반적인 강변이나 호수변을 말하는 것은 아니었다.

드라코우들이 서식할 수 있는 지형의 조건은 무척이나 까다로웠고, 그 때문에 태초의 평원에만 서식하는 몬스터들이었으니 말이었다.

"드라코우들이 살아가기 위해선, 두 가지 전제조건이 필요하지. 첫째로는 '물'이 필요하고, 둘째로는 천강석天剛石이 필요해."

드라코우에게 물은 마치 공기와 같은 것이다.

충분한 물을 섭취해야만, 일정 기간 동안 지상에서 활동할 수 있었으니 말이다.

그리고 두 번째 조건인 천강석은 물과는 약간 다른 이유에서 필요한 것이었다.

"드라코우의 몸을 둘러싸고 있는 비늘은 거칠고 단단하지. 그런데 그들은, 성장할 때마다 이 외피를 벗겨 내야 해. 외피를 벗지 않으면 성체로 진화할 수 없으니 말이야. 그리고 이 외피를 벗겨 낼 때 필요한 것이 바로 천강석이지. 뭐, 성체로 진화할 때가 아니더라도, 이 녀석들은 종종 천강석에 몸을 비비는 습성을 가지고 있기도 하고 말이야."

천강석은 그 이름에서도 느껴지듯 엄청난 강도를 자랑하는 바위였다.

때문에 드라코우의 단단한 외피를 벗겨 내기 위해서는 이 천강석이 반드시 필요했다.

일반적인 바위에 외피를 부대껴 봐야 흠집조차 나질 않으니 말이었다.

오히려 드라코우의 외피에 부대낀 바위들이 부스러져 버릴 정도.

그리고 이 천강석이 존재하는 곳은 소천小天 안에 태초의 평원뿐이었으니, 드라코우들이 이곳에만 서식하는 것이었다.

"드라코우의 외피 중 가장 강도가 약한 곳은 꼬리 부분이야. 녀석들이 외피를 벗길 때 꼬리부터 벗겨 내는 것만 봐도 알 수 있는 사실이지."

틱틱거리면서도 제법 유용한 정보들을 많이 알려 준 아시라스 덕에, 이안은 드라코우를 잡을 계획을 세울 수 있었다.

녀석들의 습성과 지형을 이용하여, 최대한 1:1의 구도를 만들어 내려는 것이다.

그리고 아직 성체가 되지 못한 드라코우들을 먼저 노려 볼 수도 있게 되었다.

'암벽에 붙어 탈피를 준비하는 놈들이 어린 드라코우들이

겠지. 녀석들을 한 놈씩 좁은 암벽들 사이로 유인해서 처치해야겠어.'

드라코우 군락의 뒤편에 솟아 있는, 커다란 천강석으로 이루어진 암벽들.

화염시를 날려 드라코우 한 놈을 유인한 이안은 그 사이로 빠르게 뛰어 들어갔다.

타탓– 탓–!

그리고 다음 순간.

크워어엉–!

화살에 맞은 드라코우가 포효하며 이안을 따라붙기 시작하였다.

쿠릉– 쿠르릉–!

마치 암벽들을 무너뜨리기라도 할 것처럼, 거대한 몸을 요동치며 이안을 향해 입을 쩍 벌리는 드라코우.

그리고 한 놈이 움직이기 시작하자, 근방에 있던 몇몇 녀석들도 그를 따라 이안을 쫓았다.

–드라코우 : Lv. 41(초월)

–드라코우 : Lv. 40(초월)

……후략……

'한 놈, 두 놈 그리고 세 놈. 보자, 총 일곱 마리 정도 어그로가 끌린 건가?'

따라오는 뱀장어들을 확인한 이안의 미간이, 살짝 좁아

졌다.

예상했던 것보다 더 많은 드라코우가 따라붙고 있었기 때문이다.

'젠장, 어떻게든 해내야지, 뭐.'

그나마 다행인 것은, 이안이 의도했던 위치로 드라코우들이 따라 들어오고 있다는 점.

목적지에 도착한 이안은 제대로 자세를 잡은 뒤 연속해서 활시위를 당기기 시작하였다.

제법 오랜만에 화염시를 사용하는 데도 불구하고, 이안의 손놀림에는 전혀 위화감이 느껴지지 않았다.

핑- 피핑- 핑!

총 스무 발의 화살을 순식간에 쏘아 보낸 이안은, 이어질 시스템 메시지를 기다렸다.

'딜이 박히기는 할까 모르겠네.'

아시라스가 말했듯 드라코우는 강력한 외피를 가지고 있었기 때문에, 방어력도 상당할 것으로 예상되었다.

그리고 그 예상처럼, 이안의 눈앞에 떠오른 피해량은 미미하기 그지없었다.

-고유 능력 '지옥의 화염시'를 발동합니다.

-'드라코우'에게 치명적인 피해를 입혔습니다!

-'지옥불' 표식이 생성됩니다.

-'드라코우'의 생명력이 692만큼 감소합니다!

–'드라코우'에게 치명적인 피해를 입혔습니다!

–'지옥불' 표식이 생성됩니다.

–정령 '마그비'의 고유 능력 '불의 악마'가 발동합니다.

–정령 '마그비'의 화염시가 '드라코우'에게 치명적인 피해를 입혔습니다!

–'지옥불' 표식이 생성됩니다.

……중략……

–'지옥불' 표식이 최대치로 중첩되어, 표식이 강력한 폭발을 일으킵니다.

–'드라코우'의 생명력이 1,205만큼 감소합니다!

–'지옥의 화염시' 고유 능력의 재사용 대기 시간이 초기화됩니다.

하지만 그럼에도 불구하고, 이안의 표정에는 화색이 돌았다.

'그래도 이 정도면, 생각보단 딜이 박히는데?'

레벨이 레벨인 만큼 최대 생명력 자체는 10만도 넘는 것 같았지만, 방어력은 며칠 전에 상대했던 '트라키오스'보다 약한 것 같았기 때문이었다.

이것은 이 녀석들이 아직 성체가 아닌 유체이기 때문인 것도 같았다.

크워어– 크워어어–!

멀리서 화살을 쏘아 대는 이안이 얄미운지, 연신 커다랗게 포효하는 드라코우.

가장 선두에서 이안을 쫓던 드라코우는 이안이 점점 더 가까워지자 커다란 입을 쩍 하고 벌렸다.

그리고 이 광경은, 마치 이안이 단숨에 먹힐 것처럼 위험천만해 보였다.

물론 이안을 잘 모르는 사람이 봤을 때 이야기겠지만 말이다.

"공간 왜곡!"

이안의 입에서 터져 나온 시동어와 함께, 드라코우의 입에 그대로 물릴 것만 같았던 이안의 신형이 어디론가 사라졌다.

그리고 그 자리에는, 황금빛으로 번쩍이는 빡빡이가 어느새 나타나 있었다.

물론 고유 능력인 '절대 방어'를 발동시킨 상태로 말이다.

***절대 방어 (재사용 대기 시간 2분)**

10초 동안 '무적' 상태가 된다.
'무적' 상태일 때는 어떤 피해도 입지 않으며, 모든 상태 이상에 '면역'이 된다.
하지만 절대 방어가 지속되는 동안은 어떠한 행동도 할 수 없다.

콰득-!

이어서 어지간한 바윗덩이보다 단단한 빡빡이를 입에 문 드라코우는, 그대로 앞으로 고꾸라질 수밖에 없었다.

빡빡이의 크기는 이안의 열 배가 넘는 수준이었기 때문에 그대로 입에 꽉 끼어 버렸고, 그 무게 때문에 중심을 잃고 고꾸라진 것이다.

쿵-!

그렇다면 지금 이 순간, 공간 왜곡으로 빡빡이와 자리를 바꾼 이안은 어디에 있는 것일까?

"떡대, 어비스 홀!"

어느새 높은 암벽에 올라선 이안은 떡대의 고유 능력인 '어비스 홀'을 발동시켰고…….

고오오오-!

따라오던 드라코우들은 관성을 이기지 못한 채 그대로 홀 안에 빨려 들어가 버렸다.

캬아아악-!

그런데 재밌는 것은, 어비스 홀에 빨려 들어간 것이 드라코우들뿐만이 아니라는 것이었다.

주변에 산재해 있던 거대한 바윗덩이들이 어비스 홀의 장력으로 인해 떨어져 내리면서, 좁은 암벽의 입구를 그대로 막아 버린 것이다.

때문에 이안이 전장으로 물색해 두었던 암벽 사이의 공터에는 두 마리의 드라코우밖에 들어오지 못하였다.

결국 이안이 원했었던 수준의 그림이 만들어진 것이다.

"좋아, 아주 좋아!"

그리고 아무리 초월 40레벨이라고 한들, 이안이 성체도 아닌 한두 마리의 드라코우를 상대해 내지 못할 리 없었다.

미리 대기하고 있던 라이, 할리, 크르르 등과 함께 일제히 달려들어, 순식간에 도륙을 내 버린 것이다.

아시라스가 조심하라던 용언 마법은 제대로 겪어 볼 기회조차 없었다.

이안은 몰랐던 사실이지만, 드라코우는 성체가 되어야 용언 마법을 쓸 수 있는 종족이었으니까.

–'드라코우'를 성공적으로 처치하였습니다.

–'강함을 증명하라(돌발)' 퀘스트의 조건이 일부 충족되었습니다.

–처치해야 할 몬스터의 숫자 : 1/5

성체가 아닌 드라코우라서 그런지 기대했던 아이템이 드롭되지는 않았지만, 그런 것은 상관없었다.

우선 아시라스로부터 받은 돌발 퀘스트를 클리어하는 데에는 전혀 지장이 없었으니까.

'좋아, 이제 다음……!'

그리고 이안이 따로 떨어진 한 마리를 처치하는 동안, 돌더미에 깔린 드라코우들도 그대로 둔 것은 아니었다.

어비스 홀과 바윗덩이의 무게로 인해 움직이지 못하는 뱀장어들에게는 카르세우스와 엘카릭스 등이 직빵으로 브레스를 선물해 주었으니 말이다.

콰아아아–!

화르륵–!

물론 카르세우스 등의 초월 레벨이 드라코우보다 15레벨 가까이 낮았지만, 그래도 최강의 광역기라는 브레스들은 그렇게 녹록한 것이 아니었다.

어비스 홀이 끝나고 돌더미에서 빠져나온 드라코우들의 생명력은, 거의 반 토막이 되어 있었다.

크워어어-!

약이 오른 것인지 억울한 것인지, 무척이나 흥분한 다섯 마리의 드라코우들.

공터 안쪽으로 들어온 녀석들을, 이안은 침착하게 상대하기 시작하였고, 한 마리씩 침착하게 숫자를 줄여 나갔다.

-'드라코우'를 성공적으로 처치하였습니다.

-'강함을 증명하라(돌발)' 퀘스트의 조건이 일부 충족되었습니다.

-처치해야 할 몬스터의 숫자 : 2/5

-처치해야 할 몬스터의 숫자 : 3/5

……후략……

-'강함을 증명하라(돌발)' 퀘스트의 조건이 전부 충족되었습니다.

-'아시라스'에게 돌아가 퀘스트를 완료할 수 있습니다.

그런데 그렇게, 퀘스트를 순조롭게 진행하고 있던 무렵.

마지막 남은 한 마리의 드라코우를 상대하던 이안의 귓전에, 정체를 알 수 없는 소리가 들려왔다.

쿠릉- 쿠르릉-!

마치 지진이라도 일어난 듯, 바위암벽들이 가늘게 진동한 것이다.

'이건 또 뭐지?'

그리고 다음 순간…….

콰르릉―!

공터를 둘러싸고 있던 암벽들이, 와르르 무너져 내리기 시작하였다.

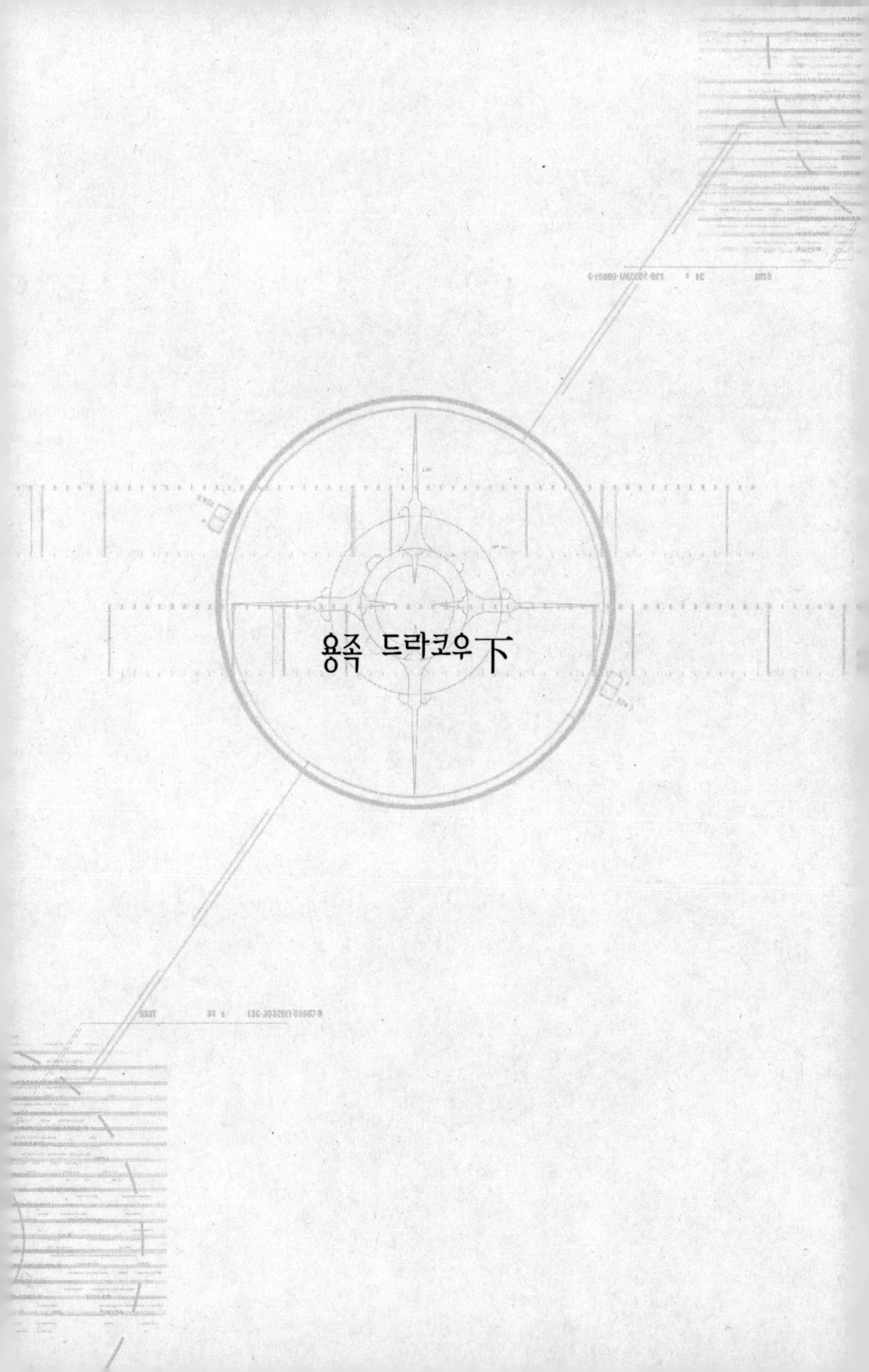

용족 드라코우 下

Taming
Master

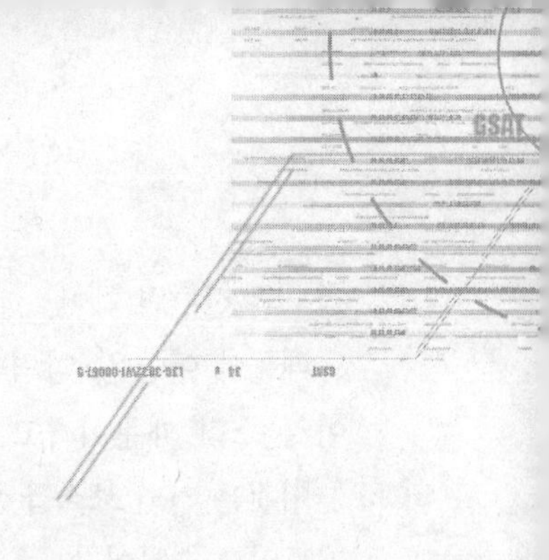

드라코우의 성체와 유체는 확연한 차이를 가지고 있다.

일단 '용언 마법'을 사용할 수 있는지에 대한 여부가 가장 큰 차이이며, 두 번째로 큰 차이는 바로 비늘의 색상이다.

하늘빛의 비늘을 가진 유체와 달리 성체의 비늘은 짙은 남색을 띠고 있었으니 말이다.

그러나 그렇다고 한들 성체와 유체 사이에 다이내믹한 전투력의 차이가 존재하는 것은 아니었다.

성체들의 레벨 평균이 45 정도이고 유체들의 레벨 평균이 40레벨 정도인 것만 보더라도, 이것은 충분히 알 수 있는 사실이었다.

성체가 유체보다 강한 것은 높게 잡아 줘야 20~30퍼센트 정도의 전투력 차이.

때문에 이안은, 암벽들이 무너져 내리기 시작하는 이 상황이 '몬스터' 때문이라고는 상상할 수 없었다.

이것은 거의 보스급 몬스터가 등장할 때나 나타날 법한 이펙트였으니 말이다.

'뭐지? 던전이라도 생성되는 건가? 아니면 무슨 돌발 이벤트라도 발생하는 거야?'

고개를 획획 돌리며 빠르게 주변 상황을 스캔한 이안은 빡빡이나 떡대와 같은 둔한 소환수들을 먼저 소환 해제하였다.

그리고 일단 눈앞에 남아 있는 마지막 한 마리의 드라코우를 침착하게 상대하기 시작하였다.

무리해서 몸을 빼는 것보다는, 생명력도 얼마 남지 않은 눈앞의 이 녀석을 처치하고 안정적으로 빠지는 게 나아 보였기 때문이었다.

"엘, 배리어는 아끼고 일단 뒤로 물러서! 크르르, 파괴 광선!"

콰아앙-!

전설 등급의 마수이지만, 공격력만큼은 다른 신화 등급의 소환수들에 크게 꿀리지 않는 크르르.

게다가 3,750퍼센트라는 최상급의 공격력 계수를 가진 파괴광선은 드라코우를 마무리하기에 충분한 위력을 가지고 있었다.

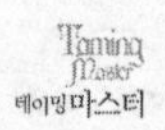

―소환마수, '크르르'의 고유 능력 '파괴 광선'이 발동하였습니다.

―'드라코우'에게 치명적인 피해를 입혔습니다!

―'드라코우'의 생명력이 2,110만큼 감소합니다.

크르르에게서 뿜어져 나간 파괴 광선이 드라코우의 흉부에 정확히 작렬했고, 하늘빛을 띠고 있던 드라코우는 까맣게 변해 가기 시작하였다.

―'드라코우'의 생명력이 전부 소진되었습니다.

―'드라코우'를 성공적으로 처치하였습니다.

그리고 목적을 달성한 진보랏빛의 광선은, 드라코우의 사체에서 튕겨 나가 허공으로 쏘아졌다.

이어서 공터를 둘러싼 암벽들에 튕기며, 정신없이 주변으로 쏘아졌다.

최대 사정거리인 150미터에 도달할 때까지는 계속해서 튕겨 나가는 성질을 가지고 있기 때문에, 목표물이 사망했음에도 불구하고 소멸되지 않는 것이다.

드라코우가 사망한 것을 확인한 이안은, 곧바로 튀어 올라 까망이의 등에 올라탔다.

타탓―!

정확히 어떤 상황인지 아직 파악은 되지 않지만, 일단 위험해 보이는 이곳을 빠져나가야 했으니 말이다.

크르르를 비롯한 비행이 불가능한 소환수들은 전부 소환 해제하였다.

"까망아, 저쪽으로!"

푸릉― 푸르릉―!

이안을 태운 뒤, '어둠의 날개'를 발동시키기 위해 투레질을 시작하는 까망이.

그런데 다음 순간.

"……?"

이안의 눈앞에 생각지도 못했던 메시지가 주르륵 하고 떠올랐다.

―'드라코우'에게 피해를 입혔습니다!

―'드라코우'의 생명력이 98만큼 감소합니다.

이안이 공터로 끌고 들어왔던 드라코우들은 총 일곱 마리.

그리고 이안이 처치한 드라코우 또한 일곱 마리였다.

즉, 이 공터 안에 드라코우가 남아 있을 리 없다는 말이었다.

'뭐야? 숫자를 잘못 세었을 리는 없는데……?'

게다가 메시지 상으로 떠있는 대미지 수치도 문제였다.

이것은 분명히 튕겨 나간 파괴광선으로 인한 대미지였는데, 피해량이 100조차도 되지 않았으니 말이다.

물론 파괴 광선은 한 번 궤도가 꺾일 때마다 5퍼센트씩 대미지가 감소하지만, 그것을 감안한다 해도 이상한 건 마찬가지였다.

'젠장, 뭐가 어떻게 돌아가는 거야?'

그런데 다음 순간, 이안의 눈앞에는 더욱 기가 막힌 메시지가 떠올랐다.

-알 수 없는 결계가 존재합니다.

-이동할 수 없습니다.

까망이를 타고 공터를 벗어나 날아오르던 도중 반투명한 결계로 인해 진로가 막혀 버린 것이다.

이쯤 되자 이안은 사태의 심각성이 더욱 피부에 와 닿음을 느낄 수 있었다.

'뭔가 변수가 발생했어. 대체 뭐지?'

이안은 이 알 수 없는 상황을 파악하기 위해 주변을 훑어보기 시작하였다.

그리고 그 즉시, 뭔가를 발견할 수 있었다.

우웅-!

드라코우의 사체들만이 널브러져 있던 공터의 한복판에, 거대한 보랏빛의 기운이 일렁이고 있었던 것이다.

"……!"

이어서 다음 순간, 이안의 귓전에 날카로운 목소리가 흘러들어 왔다.

-감히 용족의 아이들을 해하다니. 겁을 상실한 인간이로구나!

희미하게 일렁이던 보랏빛의 기운은 점차 진해지기 시작하였고, 그것은 곧 한 마리의 용 형상을 만들어 내기 시작하였다.

그리고 그것을 발견한 이안의 눈에는 의아함이 어렸다.

보랏빛 기운이 일렁이며 나타난 형태는, 지금껏 그가 상대하던 드라코우와 무척이나 흡사했으니 말이었다.

'뭐지? 초대형 드라코우인가?'

드라코우와 비슷하되 짙푸른 색을 넘어선 '다크 블루'에 가까운 어두운 색상의 비늘을 가지고 있었으며, 그 크기는 드라코우 성체의 세 배 가까이 되어 보이는 거대한 물뱀이었다.

이쯤 되니 뱀이나 구렁이 같은 느낌보다는 확실히 한 마리의 용의 위압감을 뿜어내는 모습이었다.

고오오오-!

이안과 눈을 마주친 녀석은, 위협적인 눈빛으로 그를 노려보기 시작하였다.

-보아하니, 중간자의 위격조차 얻지 못한 저급한 영혼이로군.

"……?"

-그 저급한 위격으로 어찌 우리 아이들을 해하였는지는 모르겠으나, 후회해도 이미 늦었느니라.

파아앗-!

청색의 빛무리가 허공으로 폭사됨과 동시에, 거대한 용의 모습이 온전히 드러났다.

이어서 그 순간, 녀석의 머리 위로 한 줄의 정보가 떠올랐다.

> 드라코우(천룡) : Lv. 50(초월)

그리고 그것은, 그야말로 충격적인 내용을 담고 있었다.

레벨 업을 하면 할수록 느끼는 부분이지만, 초월 레벨은 지상계의 레벨과 격이 달랐다.

레벨 업을 하나 할 때마다 성장하는 스텟도 비교할 수 없을 정도로 높았지만, 그 이상으로 레벨 업에 필요한 노력이 어마어마했으니 말이다.

지상계에서 100레벨 정도 찍을 노력을 들여야 초월 20레벨을 겨우 달성할 수 있었으니, 그 난이도가 어떠한지는 어렵지 않게 가늠해 볼 수 있으리라.

'초월 레벨 50이라……. 내가 저걸 상대할 수 있을까?'

'천룡'이라는 타이틀을 달고 나타난, 어마어마한 위용을 뿜어내는 드라코우.

녀석을 마주한 이안은 마른침을 꿀꺽 집어삼켰다.

아무리 이안이라고 해도 이제 갓 30레벨 정도의 초월 레벨로 50레벨짜리 괴물을 상대하는 것은 불가능에 가까운 일이기 때문이었다.

어떤 트릭을 사용한다거나 편법을 사용한다면 모르되, 지금은 그런 것조차 불가능한 상황이었다.

처음 이 공터에 판을 깔기 시작한 것은 이안이었으나, 지금은 저 드라코우가 그것을 전부 장악해 버렸으니 말이다.

게다가 지금 이안은, 보유한 소환수의 절반조차 쓰지 못하는 상황.

소환 해제한 소환수들을 다시 꺼낼 수 있게 될 때까지 시간을 벌 수 있을지조차 의문이었다.

'젠장, 이런 외통수는 또 오랜만이네.'

만약 여기서 사망하기라도 한다면 그야말로 최악의 상황이 벌어지게 된다.

이안이 손해 볼 부분이야 기존의 데스 페널티 외엔 딱히 없었지만, 카노엘의 티어 상승 퀘스트는 그대로 실패하게 될 테니 말이었다.

그리고 이러한 상황이 된 것은 이안의 두 가지 판단 미스 때문이었다.

첫 번째 착오는 '천룡'이라는 개체가 이렇게 강할 줄 몰랐다는 것이었으며, 두 번째 착오는 희귀하다는 천룡이 이렇게 빨리 등장할 줄 몰랐다는 것이었다.

이 순간 이안의 머릿속을 스치고 지나가는 한 줄의 시스템 메시지.

―지금부터 24시간 동안, '태초의 평원'에서 '천룡'이 등장할 확률이 500퍼센트만큼 증가합니다.

'최초 발견 버프가 이렇게 뒤통수를 칠 줄이야.'

항상 이안에게 선물보따리만을 가져다주던 '최초 발견' 버프가 이안을 사면초가의 상황으로 몰아넣은 꼴이 되어 버렸다.

"후읍……."

한차례 크게 심호흡을 한 이안은 등에 메어 두었던 검을 천천히 뽑아 들었다.

스르릉―!

빠져나갈 구멍조차 없는 최악의 상황인 것은 맞지만, 그렇다고 해서 손 놓고 있을 것은 아니었으니 오히려 머릿속은 점점 더 차분해지기 시작하였다.

'그래. 어차피 천룡의 비늘을 얻기 위해서라도 언젠간 싸워 봐야 하는 녀석이었어. 죽을 땐 죽더라도 최대한 정보를 수집해 보자.'

쿠릉― 쿠르르릉―

마치 광산에서 만났던 아이언스웜처럼 암벽들을 무너뜨리며 다가오는 거대한 드라코우.

이안은 그 어느 때보다 비장한 표정으로, 녀석을 향해 내

달리기 시작하였다.

태초의 평원 초입.

흐르는 백룡강의 강물을 바라보며 태평한 표정으로 바위에 걸터앉아 있던 아시라스는, 크게 기지개를 켜며 작은 목소리로 중얼거렸다.

"흐아암, 대체 왜 이렇게 오래 걸리는 거야?"

그녀의 표정은 몹시 지루해 보였다.

그도 그럴 것이, 이안이 드라코우를 잡겠다며 떠난 지 벌써 2시간이 넘었기 때문이다.

본래부터 성질이 급한 그녀로서는, 충분히 지루할 만도 한 상황.

"아니, 못 잡겠으면 빨리 돌아올 것이지. 대체 이렇게 오랫동안 뭘 하고 있는 거지?"

그녀가 본 이안은, 분명히 눈에 차지 않을 정도로 허약했다.

중간자의 위격조차 없는 마당이었으니, 용천에서 가장 저급한 위격을 가진 용족보다도 낮은 위격이었으니 말이다.

하지만 그것과 별개로, 이안이 드라코우를 잡다가 사망했을 것이라고는 생각지 않았다.

그녀는 이미 이안이 보유한 소환수들을 눈으로 확인하였

고, 어지간히 바보가 아니라면 소환수들의 능력을 활용해 도망 정도는 충분히 칠 수 있을 테니 말이다.

때문에 아시라스는 이안이 금방 사냥을 포기하고 돌아올 줄 알았다.

"쯧. 대단한 위격의 소환수들과 계약했으면 뭐 해? 아직 본인의 자격이 부족한 것을……."

그녀의 눈에는 거만하기 그지없어 보였던 이안.

그를 떠올린 아시라스는 입을 삐죽 내민 채 투덜거렸다.

더 이상 기다리기에는 시간이 너무 지체되었기 때문이다.

여기서 더 꾸물거리다가는, 곽주의 불호령이 떨어질 터였다.

"결국 이 몸을 귀찮게 하겠다 이거지."

한숨을 푹 쉰 아시라스는, 자리에서 털고 일어나 허공으로 뛰어올랐다.

그러자 마치 공중 위를 걷기라도 하듯 그녀의 신형이 미끄러지듯 허공을 날기 시작하였다.

마법사 클래스 유저들이 사용하는 플라이 마법과 비슷한 느낌이기는 했으나, 그보다 수 배 이상 빠른 속도로 이동하는 아시라스!

그렇게, 대략 10여 분 정도 움직였을까?

어렵지 않게 드라코우의 군락을 발견한 아시라스는 두리번거리며 이안을 찾기 시작하였다.

그리고 다음 순간.

"이게 대체……!"

뭔가를 발견한 아시라스의 두 동공이, 점차 경악으로 물들어 갔다.

이안은 아직 정확하게 모르지만, '천룡'이라는 타이틀은 특정 드래곤에 한정되어 있는 것이 아니었다.

일정 수준의 '위격'과 '초월 레벨' 등의 기준을 충족한다면, 어떤 드래곤이든 천룡이 될 수 있는 것이었으니 말이다.

그리고 그 기준은 결코 쉽지 않은 것들이었으니 '천룡'의 타이틀을 가진 드래곤은 강력할 수밖에 없었다.

지금 이안과 전투 중인 천룡 드라코우가 겉으로 드러나 있는 초월 레벨보다도 더 강력할 수밖에 없다는 이야기다.

"허억, 허억."

드라코우를 상대하는 이안의 입에서 거친 숨소리가 새어 나왔다.

지금 이안의 생명력은 30퍼센트도 채 남지 않은 상태.

반면에 드라코우의 생명력은 아직도 절반이 넘게 남아 있었다.

-쥐새끼 같은 놈이로구나. 도망은 그만 다니고 패배를 인정하거라!

"시끄러, 인마!"

―힘의 차이를 인정할 줄 아는 것 또한 용사의 덕목 중 하나. 네놈의 구차함을 더 이상 봐 줄 수가 없도다……!

"어디서 용 한 마리가 짖네."

이안에게 도발당한 드라코우가 입가를 씰룩거리며 으르렁거렸다.

캬아아오!

이어서 한차례 포효한 그는 또다시 이안을 향해 달려들었다.

―한 줌 가루로 만들어 주마!

드라코우의 표정에는 커다란 분노가 어려 있었다.

전투력 차이는 너무도 확연한 상황에서, 벌써 1시간이 넘는 시간 동안 이안이 악착같이 버티고 있었기 때문이다.

'후우, 약이 바짝 올랐군.'

자신보다 한참 허약한 인간을 상대로 1시간이 넘도록 실랑이를 벌이고 있는 것도 못마땅하기 그지없는데, 이상하게 생긴 몽둥이에 두들겨 맞을 때마다 제법 큰 고통이 느껴졌으니, 드라코우의 자존심에 금이 갈 수밖에 없는 것이다.

하지만 단지 자존심이 상해 분노한 드라코우보다 이안의 상황이 더 좋지 않은 것은 사실이었다.

이안은 지금, 말 그대로 진퇴양난의 상황이었으니 말이다.

'이거 진짜 답이 없네. 버티려면 계속 버틸 수는 있을 것

같은데…….'

달려드는 드라코우의 공격을 피해 허공으로 가볍게 뛰어 오른 이안은 녀석의 지느러미를 베며 아슬아슬하게 반대편으로 몸을 날렸다.

좌락-!

-천룡 '드라코우'에게 강력한 피해를 입혔습니다.

-'드라코우'의 생명력이 8,756만큼 감소합니다.

-'드라코우'의 생명력이 10,152만큼 감소합니다.

무척이나 자연스럽고 숙련된 솜씨로, 드라코우의 갈빗대(?)에 2타를 박아 넣는 이안.

그리고 거의 2만에 가까운 데미지가 들어가자, 드라코우의 생명력 게이지가 눈에 보일 정도로 잘려 나간다.

대략 50~60퍼센트 사이 정도로 보였던 드라코우의 생명력 게이지가 단숨에 절반 아래로까지 떨어진 것이다.

당연히 드라코우의 생명력 게이지는 깜빡이기 시작했고, 이안의 공격은 먹혀 들어가는 것으로 보였다.

하지만 그것도 잠시뿐.

우우웅-!

낮은 공명음과 함께 푸른빛이 녀석의 주변으로 빨려 들어가더니, 녀석의 생명력이 차오르기 시작하였다.

-천룡 '드라코우'의 생명력이 절반 이하로 떨어졌습니다.

-'드라코우'의 고유 능력 '용신의 가호'가 발동합니다.

–'드라코우'의 생명력이 975만큼 회복됩니다.

–'드라코우'의 생명력이 975만큼 회복됩니다.

–'드라코우'의 생명력이 975만큼 회복됩니다.

……후략……

일일이 다 셀 수 없을 정도로 수없이 밀려 올라오는 시스템 메시지들.

얼핏 봐도 백 줄도 넘는 시스템 메시지가 떠오름과 동시에, 드라코우의 생명력은 다시 피해를 입기 이전보다 훨씬 더 높은 수준까지 차올라 버렸다.

눈대중으로 봐도 10만이 훌쩍 넘는 생명력이 회복된 것이다.

'역시, 다시 재사용 대기 시간이 돌아와 버렸군.'

아랫입술을 살짝 깨문 이안은, 검병을 다시 한 번 고쳐 잡으며 쓰게 웃었다.

지금까지 전투의 양상은 계속 이런 식이었다.

열심히 공격을 때려 넣어 승기를 잡았다 싶으면, 녀석이 고유 능력으로 생명력을 전부 회복해 버리는 것이다.

물론 고유 능력이 항상 발동하는 것은 아니고 재사용 대기 시간이라는 것이 있지만, 문제는 그 안에 녀석을 처치할 수 없다는 것이었다.

방금 전에야 아슬아슬하게 2타를 성공시켰지만, 이렇게 두 방의 공격을 넣는 것조차 쉽지 않은 상대였기 때문이었다.

'이놈을 잡으려면 회복 불가 스킬이 필수인 것 같은데…….'

생명력 회복을 제한할 수 있는 강력한 디버프인 '회복 불가' 효과.

이것만 있었더라면 녀석을 처치할 수 있을 것 같았기 때문에 이안은 무척이나 아쉬웠다.

희귀한 디버프이긴 하지만, 미리 알았더라면 충분히 구할 수 있었을 테니 말이다.

'흐으, 오늘은 포기해야 하나?'

계속해서 녀석의 공격을 피하고 흡수하며 버틸 자신은 있었지만, 처치하는 것은 거의 불가능에 가까운 상황.

진퇴양난의 상황에 빠진 이안의 미간에 깊은 골이 패여 들어갔다.

'후우……. 그래. 포기할 땐 포기하더라도 마지막까지 할 수 있는 건 해 보고 포기하자.'

자신을 노려보며 씩씩거리고 있는 드라코우와 눈이 마주친 이안은, 한차례 크게 심호흡을 하였다.

마지막 순간에 사용하기 위해 남겨 두었던 단 하나의 패.

이제는 그것을 꺼내 들어 볼 생각이었다.

그리고 그것이 실패한다면 그때는 깔끔하게 포기할 것이다.

-이번에야말로 죽여 주겠노라!

쩌렁쩌렁한 목소리로 포효한 드라코우가 거대한 몸을 빙글빙글 돌리며 허공으로 솟아올랐다.

그러자 마치 꽈배기처럼 꼬인 그의 몸으로부터 강력한 회오리바람이 몰아치기 시작하였다.

고오오─!

그리고 다음 순간.

콰아아아!

회오리바람에 휘감긴 푸른 구체들이 수없이 쏟아져 나왔다.

그것을 확인한 이안이 재빨리 팔을 치켜들었다.

"닉, 태양신의 비호!"

끼오오오─!

드라코우의 용언 마법들 중 가장 피하기 어려운 광역 다발 공격.

모든 투사체를 흡수할 수 있는 태양신의 비호 고유 능력은 이 스킬을 상대할 때 꺼내 들기 위해 아껴 뒀던 이안이었다.

우우웅─!

그리고 태양신의 비호가 발동함과 동시에 이안은 날랜 몸짓으로 순식간에 드라코우의 지근거리까지 뛰어들었다.

광역 무적에 가까운 이 스킬이 발동할 때야말로 소환수들과 함께 드라코우에게 역공을 가할 수 있는 가장 큰 찬스였으니 말이었다.

"라이, 카르세우스!"

크릉─!

캬아아오!

이어서 이안의 오더에 따라 움직인 라이와 카르세우스가 연달아 드라코우의 몸통에 공격을 박아 넣기 시작하였다.

물론 사기적인 공격무기를 가진 이안과 비교하면 미미하기 그지없는 대미지가 들어갈 뿐이었지만, 그래도 그것이 누적되니 조금씩 생명력 게이지가 줄어들고 있었다.

–'드라코우'의 생명력이 731만큼 감소합니다.

–'드라코우'의 생명력이 502만큼 감소합니다.

……후략……

–캬아아악!

고통스러운 표정이 되어, 라이와 카르세우스를 잡기 위해 몸통을 뒤트는 드라코우.

그 틈에 녀석의 뒤를 잡은 이안은, 망설임 없이 녀석의 등짝에 검을 꽂아 넣었다.

퍼어억–!

이어서 검병을 역수로 고쳐 쥔 이안은 그대로 검을 찍어 올리며 허공으로 도약하였다.

느린 공격 속도를 커버하기 위해 움직임을 이용해 연속 피해를 입힌 것이다.

콰아악–!

–천룡 '드라코우'에게 강력한 피해를 입혔습니다.

–'드라코우'의 생명력이 11,275만큼 감소합니다.

–'드라코우'의 생명력이 9,599만큼 감소합니다.

깔끔하기 그지없는 이안의 공격 모션.

덕분에 이안은, 녀석의 생명력을 다시 10퍼센트가량 털어버릴 수 있었다.

"그렇게 굼떠서, 날 잡을 수나 있겠나?"

–이, 이, 건방진 인간……!

이안은 여유로운 표정으로 드라코우를 다시 도발하였고, 덕분에 분노한 드라코우의 입가가 파르르 떨리기 시작했다.

하지만 겉으로 보이는 표정과 달리 사실 이안의 마음속은 그렇게 여유롭지 못했다.

다음 순간 녀석이 발동시킬 용언 마법이 어떤 것인지를 잘 알고 있기 때문이었다.

고오오오–!

녀석이 사용하는 용언 마법 중 가장 강력한 파괴력을 가진 마법인 용의 분노.

–키아아아……!

기괴한 소리로 포효한 녀석의 양손에서 시퍼런 불길이 일렁이기 시작하였다.

화르륵–!

그리고 점차로 커진 그 위협적인 불꽃덩이는 그대로 이안과 소환수들을 향해 쏟아져 내려왔다.

단 한 방에 빡빡이도 빈사 상태로 만들어 버렸던 이 불꽃은 잘못 맞으면 그대로 게임 아웃이라 할 수 있었다.

콰아- 콰아아-!

최초에 드라코우의 몸통을 가릴 정도로 거대했던 화염 구체가 연속해서 사등분으로 쪼개지며 순식간에 열여섯 덩이로 변하였다.

이어서 그것들은 마치 유도미사일처럼 이안을 향해 날아들기 시작하였다.

그리고 그것을 확인한 이안은, 입을 앙다물며 그대로 불덩이들을 향해 마주 달렸다.

'이번엔, 정면 승부다!'

지금까지 이안이 이 유도 미사일들을 상대했던 방식은 단순했다.

한계까지 이동속도를 올려 도망다니며, 무적을 사용한 빡빡이나 지형지물을 이용해 구체를 하나씩 소멸시켰던 것이다.

비교적 투사체의 속도가 느린 편이었기 때문에 가능한 방식이었던 것.

하지만 그 방식에는 치명적인 문제점이 하나 있었다.

열여섯 개의 화염구를 전부 소멸시키는 데까지 너무 오랜 시간이 걸렸고, 그동안 드라코우의 회복 고유 능력 재사용 대기 시간이 돌아와 버리니 말이다.

때문에 이안은, 처음으로 정면 돌파를 시도하였다.

이것은 치밀하게 전투하는 이안의 스타일과 어울리지 않는, 약간의 도박성 있는 선택.

하지만 어쩔 수 없었다.

이것으로 게임 아웃당해야 하는 상황이라면, 어차피 승산은 없었으니까.

"엘, 배리어!"

"네, 아빠!"

우우웅—!

두 눈을 부릅뜬 채 열여섯 개의 화염구들을 마주한 이안은, 그대로 그것들을 향해 뛰어들었다.

애초에 엘의 배리어로 이 어마어마한 대미지를 버텨 낼 수 있을 것이란 생각은 하지 않았다.

구체 서너 개 정도야 배리어로 흡수가 가능할 테지만 열여섯 개의 구체를 다 흡수하는 것은 말도 되지 않았으니 말이다.

아무리 엘카릭스의 배리어가 성능이 좋다 한들, 수십만이 넘어갈 데미지를 전부 흡수하는 것은 불가능한 것.

다만 이안이 노리는 것은 카일란에서 배리어 계열 마법이 가진 특성이었다.

'무조건 동시에 맞아야 돼.'

카일란에서 배리어는 아무리 강력한 피해가 들어와도, 동시 피격으로 판정되는 공격에 한해 한 번은 전부 흡수해 주었다.

때문에 이안은, 화염구체들과 맞부딪치기 직전에 달리는 속도를 살짝 늦추었다.

그것들이 모여들 시간을 주어야 동시에 피격당하는 것이 가능할 테니 말이다.

'돼라, 제발……!'

그리고 다음 순간.

이안의 귓전에, 고막이 터져 나가는 것 같은 착각이 들 정도로 커다란 폭발음이 울려 퍼졌다.

콰아앙-!

이어서 이안의 주변을 휘감고 있던 새하얀 배리어가 그대로 증발하며 사라져 버렸다.

"마, 말도 안 돼. 어떻게 이런 일이……!"

암벽 주변에 둘러 있는 투명한 결계.

그리고 그 안에서 치열하게 전투를 벌이고 있는 이안과 드라코우의 모습.

아시라스에게 이 광경은 보고 있는 두 눈을 의심케 할 정도로 충격적인 것이었다.

"중간자의 위격조차 얻지 못한 인간이 천룡을 상대로 비등하게 싸우고 있다고?"

천룡이란 '드래곤'의 영혼을 가졌다면 누구나 얻을 수 있는 이름이었지만, 또 누구도 얻기 힘든 이름이기도 하였다.

아시라스 또한 '천룡'의 이름을 가지고 있었기에 누구보다 그 사실을 잘 알고 있었다.

'이제 갓 천룡의 자격을 얻은 녀석인 것 같기는 하지만, 그래도 그렇지…….'

그녀의 상식으로 중간자의 위격을 얻지 못한 인간은 천룡의 비늘에 생채기조차 내기 힘들었다.

하지만 지금 그녀의 눈앞에 보이는 인간은 벌써 천룡의 생명력을 절반 가까이 깎아 내리고 있었다.

'그러고 보니 내가 준 임무는 벌써 다 완수한 것 같고……. 어떻게 해야 하나. 도와줘야 하나?'

공터 여기저기에 널려 있는 드라코우들의 시체로 봐서 이미 이안은 다섯 마리 이상의 드라코우를 처치한 상태였고, 이렇게 된 이상 아시라스는 이안을 도와 함께 천룡을 공격하는 것이 맞았다.

아시라스는 충분히 드라코우가 펼쳐 놓은 결계를 부술 힘이 있었고, 그녀가 참전하는 순간 전투는 그대로 종료될 테니 말이었다.

이안과의 전투로 힘이 빠질 대로 빠진 드라코우 정도는 그녀에게 한주먹거리도 되지 않을 테니까.

그러나 아시라스는 어쩐 일인지 팔짱을 낀 채 암벽에 엉덩이를 깔고 앉았다.

'하지만…… 이거 재밌잖아?'

이안과 천룡 드라코우의 전투.

그 결과가 무척이나 궁금해졌기 때문이었다.

'인간 녀석이 위험해 보이면 그때 도와주지, 뭐. 일단 지금은 좀 더 구경하고 싶어졌으니까.'

높다란 암벽에 걸터앉은 아시라스의 시선이 이안에게로 고정되었다.

그리고 그녀의 자줏빛 눈동자는 영롱하게 반짝이기 시작하였다.

콰앙-!

-강력한 피해를 입었습니다!

-'드라고닉 배리어'가 소멸합니다.

시스템 메시지가 떠오름과 동시에 역시나 엘카릭스의 배리어는 그대로 삭제되어 버렸다.

하지만 그것과 별개로 이안의 도박은 보기 좋게 성공하였다.

수십만이 넘는 파괴력을 가진 화염에 휩싸였음에도 불구하고, 배리어만이 사라졌을 뿐 생명력은 하나도 깎이지 않았으니 말이다.

이어서 멀쩡한 생명력을 확인한 이안은 곧바로 생각해 두었던 대로 움직였다.

"할리 소환!"

크허엉-!

이안은 소환 대기 시간이 돌아온 할리를 소환한 뒤 녀석의 등에 올라 드라코우에게 재빨리 접근하였다.

-소환수 '할리'의 고유 능력 '바람의 수호자'가 발동합니다.

이어서 비장한 표정으로, 당황한 드라코우의 빈틈을 파고들기 시작했다.

'용신의 가호 재사용 대기 시간이 이제 절반 정도는 돌아왔을 거야.'

머릿속으로 시간을 계산해 본 이안은 저도 모르게 마른 침을 집어삼켰다.

지금까지보다 훨씬 빠른 페이스로 딜을 넣고 있기는 했지만, 녀석의 회복 능력 재사용 대기 시간은 체감 상 5분도 채 되지 않는 것 같았으니, 이안의 마음은 조급할 수밖에 없는 것이었다.

크허어엉-!

바람의 수호자까지 발동시켜 민첩성을 극한까지 끌어올린 할리가 순식간에 드라코우의 지근거리까지 접근하였다.

그리고 그 순간 할리의 등에서 뛰어내린 이안이 드라코우의 옆구리를 향해 검을 내질렀다.

콰득-!

공격은 살짝 빗겨 들어갔지만 이안은 당황하지 않았다.

어차피 목적은 녀석의 어그로를 끌어내는 것에 있었으니 말이다.

"이쪽이다, 이놈!"

그리고 이안의 의도대로, 분노한 드라코우의 공격은 그에게 집중되기 시작하였다.

쾅- 콰쾅!

그리고 그 덕분에 할리에게 '프리 딜'에 가까운 공격 기회가 만들어졌다.

크허엉-!

용맹스럽게 포효하며 드라코우의 등으로 뛰어드는 할리.

어찌 보면 이안과 할리의 역할이 뒤바뀐 것과 같은 상황이었지만, 이것은 그가 의도한 것이었다.

'제발, 스턴!'

이것은 할리의 고유 능력인 '후려치기'를 발동시키기 위한 이안의 설계였으니 말이다.

쾅- 쾅- 콰앙-!

일반 공격 시 10퍼센트의 확률로 적을 기절시키는 고유 능력인 후려치기.

물론 드라코우의 기절 저항력까지 감안한다면 실질적인

확률은 5퍼센트도 채 되지 않을 터였지만, 이안은 할리의 무지막지한 공격 속도에 희망을 걸어 보았다.

퍽- 퍽- 퍼퍽-!

-'드라코우'의 생명력이 211만큼 감소합니다.

-'드라코우'의 생명력이 309만큼 감소합니다.

……후략……

할리가 평타로 입힐 수 있는 피해량 자체는 티도 잘 나지 않을 정도로 미미했지만, 그런 것은 상관없었다.

어차피 1초라도 스턴이 들어간다면, 드라코우의 배때기에 최소 서너 번은 죽창을 찔러 넣을 수 있을 테니 말이었다.

게다가 정확히 녀석의 약점을 공격할 수도 있을 테니, 제법 높은 확률로 '치명타'가 터질 수 있었다.

그리고 할리의 공격이 열 번 정도 들어갔을 때…….

-소환수 '할리'의 고유 능력 '후려치기'가 발동합니다.

-천룡 '드라코우'가 1초 동안 기절 상태에 빠집니다.

'지금……!'

스턴이 발동한 것을 확인한 이안은 젖 먹던 힘까지 다해 드라코우의 복부에 죽창을 꽂아 넣었다.

퍼퍽- 퍽-!

-천룡 '드라코우'에게 치명적인 피해를 입혔습니다!

-'드라코우'의 생명력이 21,756만큼 감소합니다.

-천룡 '드라코우'에게 강력한 피해를 입혔습니다.

—'드라코우'의 생명력이 7,758만큼 감소합니다.

가능했던 거의 최상의 시나리오가 이어지며, 드라코우에게 순식간에 어마어마한 피해를 입히는 데 성공한 이안.

'됐어!'

이어서 이안의 시선은 자연스레 드라코우의 생명력 게이지를 향해 움직였고, 입가에 흡족한 미소가 떠올랐다.

드라코우의 생명력이 절반 아래로 떨어졌음에도 불구하고, 고유 능력 '용신의 가호'가 발동되지 않았으니 말이었다.

이것은 이안의 계산대로, 아직까지 용신의 가호 재사용 대기시간이 돌아오지 않았다는 뜻.

물론 재사용 대기 시간이 돌아온다면 용신의 가호가 언제든 발동될 터였지만, 지금까지의 페이스가 아주 좋다는 것만은 부인할 수 없는 사실이었다.

'재사용 대기 시간이 돌아올 때까지 한 1~2분 정도 남았겠지?'

이안은 머리에 쥐가 날 정도로 쉴 새 없이 시간을 계산해 보며, 계속해서 드라코우를 압박하였다.

그리고 그 결과, 처음으로 드라코우의 생명력이 30퍼센트 아래로 떨어져 내렸다.

—천룡 '드라코우'의 생명력이 30퍼센트 미만으로 떨어졌습니다.

—'드라코우'의 고유 능력 '광폭화'가 발동합니다.

—15분간 '드라코우'의 공격력과 민첩성이 30퍼센트 증가합니다.

—15분간 '드라코우'의 방어력이 30퍼센트 하락합니다.

시스템 메시지를 확인한 이안의 두 눈이 확대되었다.

'뭐야, 이거 옛날에 라이가 가지고 있던 스킬이잖아?'

이안이 '소환수 스킬부여'를 활용하여 라이에게 처음 부여하였던 스킬인 광폭화.

생각지도 못했던 스킬과 마주하자 살짝 놀란 것이다.

하지만 그것도 잠시뿐.

'오히려 좋은 상황인 건가?'

이안의 입가에 옅은 미소가 얹혔다.

어떻게든 회복 스킬이 돌아오기 전에 녀석을 처치해야 하는 이안의 입장에서는, 방어력이 떨어진 이 기회를 놓치면 안 되는 것이다.

—'드라코우'의 생명력이 499만큼 감소합니다.

—'드라코우'의 생명력이 8,488만큼 감소합니다.

—'드라코우'의 생명력이 327만큼 감소합니다.

……후략……

이안은 구슬땀을 흘려 가며 계속해서 검을 휘둘렀다.

딜을 넣는 것을 최우선으로 한 결과 소환수들을 하나씩 소환 해제해야 했지만 그것은 어쩔 수 없는 부분이었다.

이번에도 녀석을 처치해 내지 못한다면, 어차피 전투는 패배할 테니 말이다.

'조금만, 조금만 더……!'

이제는 거의 10퍼센트 수준까지 떨어져 내린 드라코우의 생명력 게이지.

그런데 바로 그때.

이안의 눈에 너무도 익숙한 이펙트가 발동되었다.

우우웅-!

푸른빛이 녀석의 주변으로 빨려 들어가기 시작한 것이다.

결국 드라코우의 고유 능력인 '용신의 가호' 재사용 대기 시간이 돌아와 버린 것이다.

"……!"

-'드라코우'의 고유 능력 '용신의 가호'가 발동합니다.

-'드라코우'의 생명력이 975만큼 회복됩니다.

-'드라코우'의 생명력이 975만큼 회복됩니다.

……후략……

또다시 이안의 눈앞에 떠오르기 시작하는, 절망적인 시스템 메시지.

그런데 어쩐 일인지 이안은 전혀 당황한 표정이 아니었다.

대신 그것을 확인한 순간, 이안은 순식간에 장비를 스왑하고 있었다.

마치 기다리고 있었던 것처럼 이안은 침착하게 움직일 뿐이었다.

-'용사 이안의 검' 장비를 착용 해제하였습니다.

-'용사의 천룡군장 보주' 장비를 착용하였습니다.

–'빛나는 용맹의 수호갑' 장비를 착용 해제하였습니다.

–'용사의 천룡군장 흉갑' 장비를 착용하였습니다.

푸른빛이 일렁이는 것을 확인하자마자, 빛의 속도라는 말이 무색할 정도로 빠르게 장비를 스왑한 이안!

이어서 이안의 주변으로 푸른 빛깔의 파동이 퍼져 나가기 시작하였다.

그리고 그 푸른 파동은 드라코우의 주변에 일렁이던 짙푸른 기운을 집어삼켜 버렸다.

–고유 능력 '천룡군장의 위엄'을 발동합니다.

이어서 당황한 표정을 한 드라코우의 머리 위에 시퍼런 용의 형상이 떠올랐다.

–천룡 '드라코우'가 10초간 침묵합니다(침묵 효과가 지속되는 동안, 모든 종류의 액티브 스킬이 봉인됩니다).

–천룡 '드라코우'의 마력이 전부 소멸합니다(10초 동안 마력을 회복할 수 없습니다).

이것이 바로 이안이 지금껏 숨기고 있었던 마지막 한 장의 카드였던 것이다.

***천룡군장의 위엄**
–기본 지속 효과
정령 마법으로 적에게 치명적인 피해를 입힐 시 보주의 모든 고유 능력의 재사용 대기 시간이…….

……중략……
–사용 효과
남아 있는 소환 마력을 전부 소진하여 반경 50미터 내의 모든 적들을 10초 동안 침묵시킵니다.
남아 있는 생명력의 50퍼센트만큼을 일시에 소진하여, 반경 50미터 내의 모든 적들의 마력(소환 마력)을 전부 태워 버립니다(재사용 대기 시간 : 60초).

'침묵' 디버프는 대상의 스킬을 봉쇄하기도 하지만, 발동 중인 스킬을 씹어 버리기도 한다.

때문에 이안은 '용신의 가호'이펙트를 발견함과 동시에 천룡군장 세트를 착용하였고, 엄청난 속도로 장비를 스왑하여 드라코우의 고유 능력을 씹어 버린 것이다.

물론 '용신의 가호' 스킬이 발동조차 하지 않은 것은 아니었기에, 드라코우의 생명력은 조금이나마 회복되었다.

하지만 거의 10만에 가깝게 회복되었던 이전과 달리 3~4만 수준이 회복되었을 뿐이었다.

이것은 그야말로 이론상으로나 가능한 플레이었고, 덕분에 드라코우는 하얗게 질린 표정이 되어 버리고 말았다.

–아, 아니, 인간이 어떻게 천룡군장의 능력을……!

회복 능력만을 믿고 있었던 드라코우로서는 그야말로 전의가 상실되어 버릴 만큼 절망적인 상황.

만약 이안이 침묵을 미리 발동시켰다면 10초의 지속 시간이 끝난 뒤에 회복하면 되지만, 지금은 회복 스킬이 발동되다가 씹힌 상황이었다.

드라코우가 다시 회복 스킬을 사용하기 위해선 5분의 시간을 기다려야만 하는 것이다.

'됐어!'

이안은 힘겹게 만들어 낸 이 기회를 놓치지 않기 위해, 녀석을 쉴 새 없이 몰아붙이기 시작하였다.

고유 능력을 발동시키기 위해 잠시 착용했던 천룡군장의 세트를 어느새 본래의 장비로 다시 스왑한 이안이었다.

-'드라코우'의 생명력이 7,513만큼 감소합니다.

-'드라코우'의 생명력이 9,011만큼 감소합니다.

전투력과 별개로 이미 기세에서 밀려 버린 탓인지, 이안의 공격에 제대로 된 저항조차 하지 못하는 드라코우.

이안은 이제 거의 빈사 상태가 된 녀석에게, 마지막 한 방을 먹이기 위해 다가갔다.

이안은 얼른 이 괴물 같은 녀석을 처치하고 잠깐이라도 엉덩이를 붙이고 앉아 쉬고 싶은 마음뿐이었다.

'마지막이다!'

제대로 된 한 방을 꽂아 넣기 위해 침착한 표정으로 검을 치켜드는 이안.

그런데 바로 그때.

콰아앙-!

마치 하늘이 내려앉기라도 하듯 허공에서 거대한 폭음이 울려 퍼지며, 자색 운무가 드라코우를 향해 쏟아지기 시작하였다.

그리고 그에 놀란 이안은 내려치려던 검을 그대로 치켜든 채 한 발 뒤로 물러날 수밖에 없었다.

"……!"

어차피 승리가 거의 확정된 상황에서 불확실한 모험을 감행할 필요는 없었으니 말이다.

―천룡 '드라코우'가 '자운紫雲'에 잠식당했습니다.

―천룡 '드라코우'가 '기절' 상태에 빠집니다.

이어서 다음 순간, 이안의 눈앞에 낯익은 얼굴이 모습을 드러내었다.

쿠웅―!

거대한 덩치에 걸맞게 '기절' 상태에 빠진 드라코우가 육중한 소리를 내며 바닥에 쓰러졌다.

이어서 짙푸른 색으로 번쩍이는 드라코우의 주변을 자줏빛 구름들이 휘감아 잠식하기 시작하였다.

지금껏 카일란을 플레이하면서 수많은 광경들을 보아 온 이안조차도 눈을 크게 뜨고 지켜볼 만큼 신비롭기 그지없는 모습.

하지만 이안의 놀람은 거기까지였다.

다음 순간 그의 시야에 낯익은 얼굴이 발견되자 인상이 팍 하고 구겨진 것이다.

자줏빛 머릿결에 자색 눈동자를 가진 아름다운 여인, '아시라스'가 이안의 앞에 등장한 것이다.

이안은 마른침을 꿀꺽 삼키며 침착하게 입을 열었다.

"여기는…… 어쩐 일이야? 내가 다녀올 때까지 기다리겠다더니."

지금 이안의 표정이 좋지 않은 이유는 다른 것이 아니었다.

진짜 피똥 싸며 힘들게 처치한 천룡 드라코우의 막타를 자칫 잘못하면 NPC에게 빼앗겨 버리게 생겼으니 말이다.

물론 막타를 못친다고 해서 보상을 아예 획득할 수 없는 것은 아니지만, 그래도 막타를 쳐야 모든 보상이 대폭 증가한다.

아이템의 드롭 확률도 높아지고 말이다.

지금 저 아시라스가 손 한 번 까딱하면, 이안으로서는 손해가 이만저만이 아닌 상황이 벌어질 수 있는 것.

이안은 침착하게 상황을 살펴보기 시작하였다.

'후우, 괜찮아. 아직 드라코우가 죽은 건 아니잖아? 아시라스의 목적이 뭔지부터 확인해 봐야겠어.'

아시라스가 막타를 치기라도 한다면 그 순간 이안과는 불구대천지수가 되겠지만, 아직 드라코우는 살아 있다.

만약 아시라스가 막타를 치고자 마음먹었더라면 이미 드라코우를 죽이고도 남았을 터.

단지 '기절'시킨 이유가 있을 것이라고 생각한 이안은 가까스로 마음의 평화를 찾았다.

그리고 그런 그를 향해 아시라스가 천천히 다가왔다.

자줏빛 구름에 휘감겨 허공에서 미끄러져 다가오는 그녀의 모습은 아름답고 신비롭기 그지없었다.

물론 경계심이 가득한 이안의 눈엔 별로 상관없는 부분이었지만 말이다.

이안의 앞까지 다가온 아시라스가 천천히 입을 열었다.

그런데 어쩐 일인지 그녀의 목소리는 살짝 떨리고 있었다.

그리고 그녀의 입에서 처음 흘러나온 말은 이안이 전혀 예상치 못한 것이었다.

"너, 대체 정체가 뭐야?"

"그게 무슨 말이야."

"말 그대로야. 정체가 뭐냐고. 어떻게 중간자의 위격도 얻지 못한 인간이 천룡을 이길 수가 있어?"

"그야 나도 모르지?"

갸우뚱하며 되묻는 이안을 보며, 아시라스는 답답한지 한숨을 푹 쉬며 다시 이안에게 물었다.

"아니, 그 전에, 천룡이 뭔지는 알아, 너?"

물론 그 물음에는 다시 답답한 대답이 돌아올 뿐이었지만 말이다.

"당연히 알지. 재가 천룡이잖아."

"……."

이안과 아시라스의 사이에 흐르는 잠시간의 정적.

잠시 후, 아시라스는 반쯤 혼이 나간 표정으로 중얼거리기 시작하였다.

"아니, 이런 말도 안 되는 일이 가능할 리가 없잖아. 아니, 아니……! 으아아……."

그리고 그런 그녀를 보며, 이안은 뭔가 이상하다는 것을 느꼈다.

'재 대체 왜 저러는 거지?'

지금까지의 정황을 봤을 때 적어도 아시라스가 '막타'를 치기 위해 전장에 난입한 것은 아니었다.

이안이 생각하기에 그녀가 나타난 이유는, 일단 자신이 천룡을 처치하지 못하도록 일단 막아 두기 위해서인 것 같았다.

'천룡'이라는 타이틀에 왠지 이안이 모르는 어떤 정보가 담겨 있을 것 같은 느낌이 강하게 든 것이다.

'뭔가 있어. 분명해.'

이안은 그 정보를 알아내기 위해 아시라스를 쿡쿡 찔러 보았다.

“아니, 근데 아시라스, 뭐가 말이 안 되는 건데?”

“지금 네가 여기 천룡을 잡은 거.”

“그래? 그거 말이 안 되는 일이야?”

“당연하지!”

“근데 아직 쟤 안 죽었잖아.”

“그렇지.”

“그러니까 일단 쟤 막타만 좀…… 아니, 마무리만 좀 하고 다시 얘기하면 안 될까?”

“그건 더 말이 안 돼!”

“어째서?”

“그, 그건……!”

이안의 페이스에 말려 뭔가를 말하려던 아시라스의 입이 순간적으로 꾹 다물어졌다.

하지만 여기서 포기할 이안이 아니었다.

아시라스의 말이 이어지면 이어질수록 뭔가 있다는 냄새가 더욱 강하게 났으니 말이었다.

이안은 좀 더 강하게 나가 보기로 했다.

“뭐야, 말 안 해 주면 쏜다?”

“뭐, 뭘 쏴?”

“뭐긴 뭐겠어? 저기 뻗어 있는 저 드라코우를 쏜다는 말이지.”

"……!"

"지금 내가 가진 스킬 쏟아부으면 아무리 너라도 드라코우가 죽는 걸 막진 못할걸?"

사실 대부분의 소환수들이 소환 해제당한 지금, 이안에게는 아시라스의 방어를 뚫고 드라코우를 잡을 여력이 남아 있지 않았다.

하지만 아시라스가 구체적인 이안의 상황까지 알 리는 없을 터.

그리고 이미 초월 30레벨 수준으로 50레벨의 드라코우를 잡는 기적을 보여 준 이안의 공갈협박은 아시라스에게 결코 빈말로 들리지 않았다.

아시라느는 거의 반사적으로 소리쳤다.

"아, 안 돼, 그건……!"

"그러니까 얼른 이유를 말하라니까."

"……!"

"생각해 봐. 내가 진짜 그 개 고생을 해 가면서 다 잡았는데, 보상도 얻지 못하게 하려면 타당한 이유를 대야 할 것 아냐."

"으……."

이안은 강하게 아시라스를 밀어붙였다.

하지만 그렇다고 해서 계속 다그칠 생각은 아니었다.

채찍 뒤에는 약간의 당근도 곁들여야 되는 것이 회유의 기본이었으니 말이다.

"얼른 얘기해 봐. 이유가 타당하다 생각되면, 네 말을 들어줄 수도 있으니까."

그리고 이안의 마지막 그 말에, 아시라스의 입이 드디어 열리기 시작하였다.

"그러니까 그게……."

'천룡'이란, 어찌 보면 단 한 줄의 문장으로 정의 내릴 수도 있는 존재였다.

천신의 인정을 받아 갇혀 있던 영혼의 제약이 풀려, 진정한 용의 힘을 사용할 수 있게 된 드래곤, 혹은 용족.

하지만 당연하게도, 지금 아시라스가 이렇게 나타난 이유가 이 안에 있지는 않았다.

이안이 지금 천룡을 처치해서는 안 되는 바로 그 이유.

그것은 이안이 아직 중간자가 아니기 때문이며, 아시라스와 이안이 지금 밟고 있는 이 땅이 '소천'이기 때문이었다.

"이 소천에서 천룡은 특별한 존재야."

"어떻게 특별한데?"

"일단 이 태초의 평원에만 존재하고, 그 마저도 무척이나 희귀하거든."

"단지 희귀하다는 게 다일 것 같지는 않은데."

"맞아. 그냥 희귀하기 때문이라면 내가 이렇게 막아서지도 않았겠지."

소천에서 중천으로 올라갈 수 있는 길인, 백룡강의 용오름.

평소에는 누구의 출입도 허용하지 않을 정도로 거세게 몰아치던 용오름의 소용돌이는, '용신의 인정을 받은 자'에게만 그 길을 열어 준다.

그리고 천신의 인정을 받은 존재 중 하나인 '천룡'을 처치한다면, 그 또한 용신의 인정을 받을 수 있는 방법.

즉. 이안이 만약 천룡을 처치한다면, 중천으로 오를 수 있는 길이 그에게 열린다는 소리였다.

"문제는 이렇게 너에게 중천으로 올라갈 길이 열리게 되면, 곡주께서 대노하실 거라는 거야."

"음? 대체 왜?"

"자운곡주께서 용신께 받은 임무 중 하나가 이 용오름을 관리하는 건데, 원래 중간자의 위격이 없는 이는 중천에 발을 들일 수 없도록 되어 있거든."

"흐음……. 그래서?"

"만약 네가 이 천룡을 잡아서 승천昇天 길이 열린다면 용천의 질서가 어그러지고, 그것은 오롯이 곡주님의 책임으로 돌아가겠지."

"흠."

"그렇게 되면 이 자리에 있었던 나 또한 책임을 피할 수 없게 되고, 결국 너도 위험하게 될 거야."

"나는 또 왜 위험한데?"

"곡주의 분노를 살 테니까."

"……."

뭔가 설명은 무척이나 거창하고 복잡한 듯 보였지만, 이안은 지금 아시라스가 어떤 말을 하는지 아주 명료하게 알아들을 수 있었다.

'그러니까 지금, 내가 저 용을 처치하면 게임에 버그가 생긴다는 거잖아?'

NPC인 아시라는 아주 빙빙 돌려 얘기했으나, 어지간한 기획자들보다 게임에 대해 빠삭한 이안의 눈에는 핵심이 바로 보일 수밖에 없었다.

'흐음, 이거 어떻게 해야 하나…….'

그리고 모든 상황을 파악한 이안은 진지하게 고민을 하기 시작하였다.

이안에게는 지금 두 가지의 선택지가 있었다.

어떻게든 기습적으로 드라코우를 처치하고 버그성 플레이를 하거나, 아니면 아시라스의 말을 들어주고 그 댓가로 뭔가를 뜯어내거나.

'전자가 더 재밌을 것 같기는 한데…….'

잠시 갈등하던 이안은 결국, 아시라스의 말을 들어주는 방향으로 가닥을 잡았다.

버그 성 플레이를 해서 어떤 추가적인 보상을 얻을 수 있을지도 미지수였고, 괜히 무리하다가 아시라스의 방해로 처치에 실패하기라도 한다면 최악의 상황이 벌어질 테니 말이었다.

'그래. 역시 말 들어주는 척하면서 최대한 뜯어내는 게 가장 나은 방향인 것 같군.'

게다가 머리를 열심히 굴리다 보니, 제법 괜찮은 생각도 하나 떠올랐다.

지금 이 상황에서, 최소 두 마리 이상의 토끼를 잡아 낼 수 있는 최상의 시나리오가 떠오른 것이다.

"……!"

순간 표정 관리에 실패할 뻔했던 이안은, 목소리를 가다듬으며 다시 입을 열었다.

"크흠, 그렇게 곤란한 상황이란 말이지?"

그리고 전혀 틈이 보이지 않던 이안의 태도에 약간의 빈틈이 보이자, 아시라스는 재빨리 고개를 끄덕이며 대답하였다.

"응, 그렇다니까? 우리 곡주님 엄청 무섭고 성질 더러워. 제발 좀 건드리지 말자……."

그에 이안은 씨익 웃으며, 천천히 본론을 꺼내기 시작하였다.

"흐음, 그렇다면 한번 우리 윈윈할 수 있는 방법을 찾아볼까?"

"윈윈……이라고?"

"그래. 너랑 나랑 둘 다 만족할 수 있는 방법."

"그게 대체 뭔데?"

"내가 이해한 바로는, 지금 저 녀석을 처치하지만 않으면 된다고 한 것 같은데…… 맞지?"

용사의 협곡.

그곳에서 가장 높은 곳, 의식의 제단.

제단의 한가운데 우뚝 서 있는 용사의 동상 앞에는 한 남자가 서 있었고, 그 주위로는 쩌렁쩌렁한 목소리가 울려 퍼지고 있었다.

-영웅의 의식에 도전하는 용사여, 그대는 지금껏 그 어떤 누구도 하지 못했던 일을 해내었노라. 그대의 능력에 걸맞은 시련을 내렸다 생각하였으나, 그대는 내 생각보다도 훨씬 뛰어난 용사였다. 그대에게 남은 모든 의식을 통과할 수 있는 면제권을 주도록 하겠노라. 용사여, 나의 부름을 받을 준비가 되었는가?

칭찬 일색의 내용을 담은 대사들과 함께, 믿을 수 없는 내용들을 담고 있는 신의 목소리.

쩌렁쩌렁한 목소리의 울림이 끝나자, 그 앞에 서 있던 남자의 주변으로 황금빛 광채가 빨려 들어가기 시작하였다.

그리고 그 남자의 정체는, 바로 이안이었다.

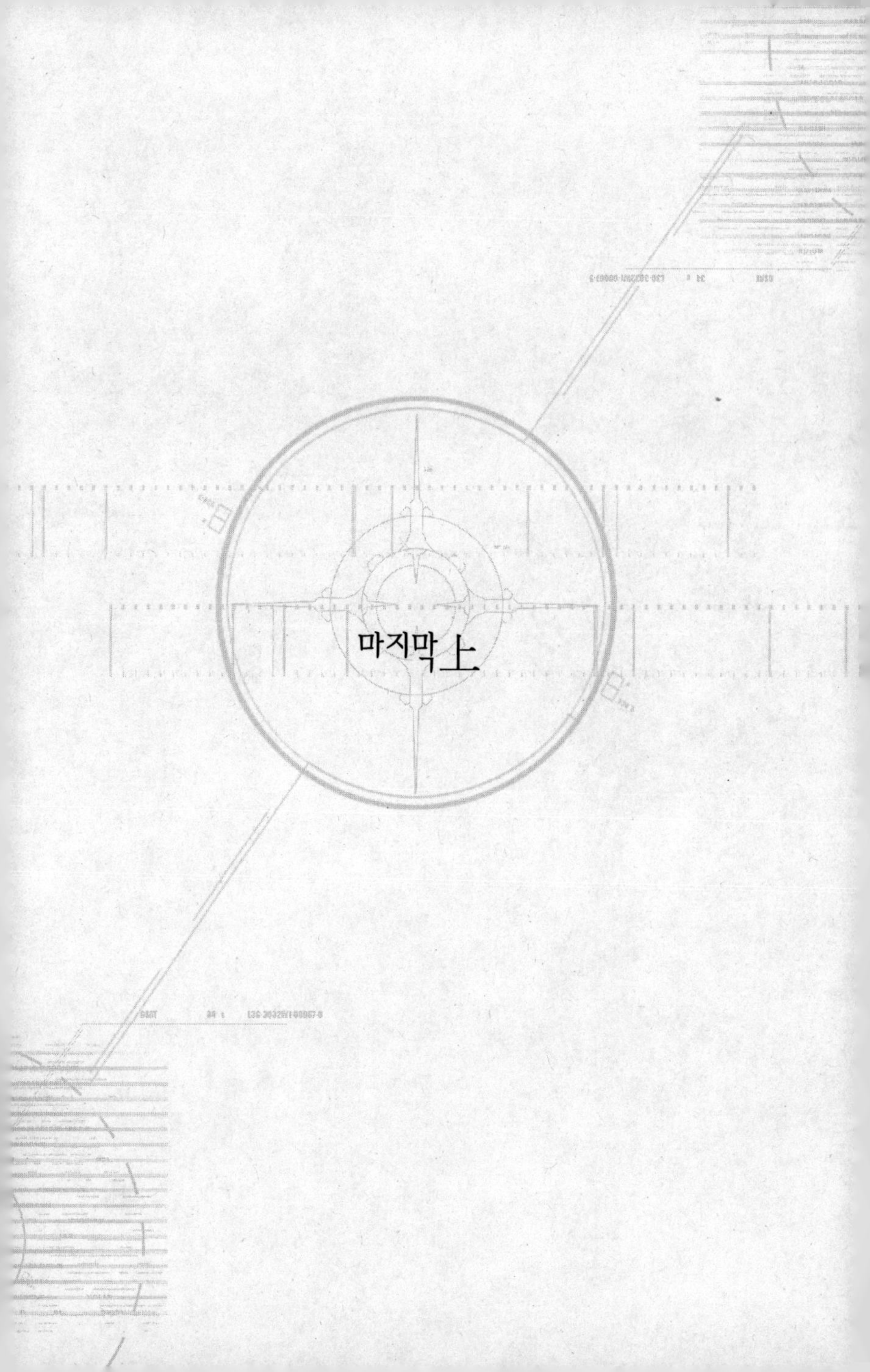

마지막 上

Taming
Master

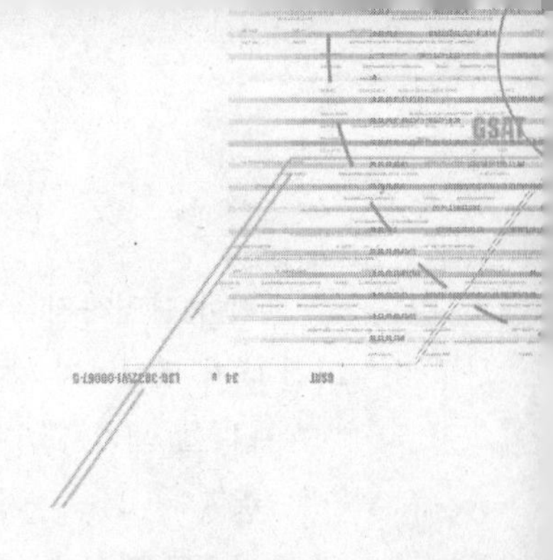

"아시라스."

"음……?"

"네 말대로 내가 해 주는 대신 너도 해 줘야 할 게 몇 가지 있어."

이안은 아시라스를 향해 의미심장한 표정으로 말을 했고, 발등에 불이 떨어진 아시라스는 황급히 고개를 끄덕일 수밖에 없었다.

"마, 말해 봐. 내가 해 줄 수 있는 거라면 들어줄게."

그리고 그것을 시작으로, 이안은 하나씩 이야기를 꺼냈다.

"일단 지금부터 하루 종일, 네가 '적극적'으로 나와 함께 사냥에 참여했으면 해."

"그거야 당연하지. 어차피 우리 용린패 구하고 있었잖아? 그건 네가 부탁하지 않아도 하려고 했던 일이었어."

"아니, 그 얘기가 아니야."

"그럼?"

"용린패를 구한 뒤에도, 내가 그만하자고 할 때까지 나와 함께 여기서 사냥해야 한다는 말이지."

"그게 얼마 동안인데?"

"대충 20시간 정도……?"

"……대체 왜?"

적잖이 당황한 표정의 아시라스.

사실 그녀의 이러한 반응은 당연한 것이었다.

최초 발견 버프에 대한 부분은 NPC인 그녀로선 알 방법이 없었으니 말이다.

이안은 이 태초의 평원 최초 발견 버프가 끝나기 전까지, 아시라스 버스(?)를 최대한 활용하고 싶었던 것.

"이유는 알 것 없고……."

"아니, 20시간이나 여기 있으면 우리가 용린패를 들고 자운곡으로 돌아갈 시간이 부족하잖아."

"오래 걸려도 1시간이면 갈 수 있는 거 다 알거든?"

"……."

"워프를 쓰든 텔레포트를 쓰든, 그건 너희가 알아서 하고."

"휴우……."

"그래서, 해 줄 거야, 말 거야?"

"알겠어. 해 줄게. 해 준다고."

일단 첫 번째 노예 계약에 성공한 이안은 만족스런 표정이 되었다.

하지만 당연히도, 여기서 끝은 아니었다.

이제부터가 조금 더 중요한 거래(?)의 시작이었으니까.

"그리고 두 번째."

"또 있어?"

"분명 내가 몇 가지라고 처음에 말했을 텐데……. 싫으면 말고."

"아, 아냐. 일단 얘기나 들어 보자."

이미 칼자루를 이안이 쥐고 있는 상황이 되어 버렸기에, 아시라스는 한숨을 푹 쉬며 다시 그의 이야기를 듣기 시작하였다.

"내가 필요한 물건이 하나 있거든."

"물건……?"

"천룡의 비늘. 그게 필요해. 그래서 어떻게든 저 녀석을 처치하려 했었던 거고."

"……!"

아시라스는 분명, 천신의 인정을 받은 드래곤이 천룡이라 하였다.

그리고 이 소천보다는 중천에 더 많은 천룡들이 산다고 하였다.

그 말인 즉, 아직 중천에 갈 수 없는 이안보다는 그녀가 천룡의 비늘을 더 쉽게 구할 수 있을 터.

때문에 이안이 아시라스에게 뜯어내려는 두 번째는 바로 이 천룡의 비늘이었다.

"자운곡주로부터 받은 임무가 끝나자마자 천룡의 비늘을 하나 구해 줘야겠어."

"……."

"못 구하겠으면 네 비늘이라도 떼어 주든가."

"무슨 말도 안 되는 소리를!"

"그러니까 구해 와."

"휴우……."

"아, 혹시 대답만 하고 나중에 모른 척할 생각은 하지 않는 게 좋을 거야. 네가 천룡의 비늘을 구해다 주지 않으면, 내가 다시 천룡을 찾아서 또 사냥할 테니까."

"하아, 알겠어……."

이안의 철저함에 질려 버렸다는 듯, 고개를 절레절레 젓는 아시라스.

"그리고 마지막."

"마지막, 확실하지?"

"그래, 마지막이야."

반쯤 자포자기한 표정으로 다음 말을 기다리는 아시라스를 보며, 이안은 천천히 한쪽 손을 들어 어딘가를 가리켰다.

그리고 이안의 손끝에는, 아직까지 얌전히 기절해 있는 드라코우가 있었다.

잠시 뜸을 들인 이안이 다시 말을 이었다.

"저 친구, 내가 좀 데려갈게."

"뭐? 데려간다니?"

"나 소환술사인 거 잊었어?"

"……!"

"네가 친절하게 기절까지 시켜 줬으니, 내가 길들여서 데려가겠다고."

"아니, 자, 잠깐."

"왜 그러는 거야? 분명히 처치하지만 않으면 된다고 그랬잖아."

"그, 그랬었지."

"그러니 내가 저 녀석을 포획한다고 해도 중천으로 가는 길은 열리지 않을 테지?"

"맞아. 천룡이 처치되는 것만 아니면 승천로는 열리지 않을 거야."

"그럼 됐네."

"……!"

사실 지금의 이안은, 결코 저 드라코우를 테이밍할 능력이 되지 않는다.

소환수를 테이밍하기 위해서는 그야말로 완벽하게 제압해야 가능하다.

그러니 혈투 끝에 겨우 이긴 녀석을 테이밍하는 것은 불가능할 수밖에 없는 것이다.

심지어 퀘스트를 클리어하기 위한 일반 드라코우조차도 결코 쉽게 테이밍할 수는 없을 것이다.

군집생활을 하는 녀석들을 한 마리 따로 빼서 테이밍하기 위해선, 엄청난 노력이 들 게 분명하니 말이다.

하지만 바로 지금.

아시라스의 용언 마법에 의해 제압되어 있는 드라코우를 테이밍하는 것은 너무 쉬웠다.

원래 대상을 기절 상태에 빠뜨리면 테이밍 확률이 기하급수적으로 올라가니 말이다.

물론 일반적으로 기절 지속 시간은 무척이나 짧아서 쉽게 활용할 수 없는 팁이기는 했지만, 지금 드라코우는 벌써 몇 분째 바닥에 뻗어 있었다.

정말 특수한 상황으로 인해 생긴 특별한 기회라고 할 수 있는 것이다.

"완벽해. 이렇게 하면, 너랑 나 둘 다 만족할 수 있겠어."

마지막으로 아예 못을 박아 버리는 이안을 보며, 아시라스는 어이없다는 듯한 표정이 되었다.

"너야 확실히 만족한 것 같은데, 나는……?"

하지만 그런 아시라스의 반문을 이안은 단 한마디로 일축해 버렸다.

"넌 만족했어."

"……."

이안은 정말 아시라스에게 말했던 모든 것들을 성공적으로 뜯어내었다.

일단 천룡 드라코우를 먼저 테이밍하였으며…….

–용족 드라코우(천룡)을 테이밍하는 데 성공하셨습니다!

–드라코우(천룡)/Lv 50(초월)/등급 : 전설

최초 발견 버프가 지속되는 시간을 거의 한계까지 사용하여 사냥을 감행하였다.

–용족 드라코우를 성공적으로 처치하였습니다!

–파티원 '아시라스'가 고유 능력 '드래곤 브레스'를 발동하였습니다!

–용족 드라코우를 성공적으로 처치하였습니다!

–용족 드라코우를 성공적으로 처치하였습니다!

……중략……

–파티원 '아시라스'가 용언 마법 '자운강림紫雲降臨'을 발동하였습니다!

–범위 내의 모든 대상이 자운에 잠식당합니다.

–파티원 '아시라스'가 용언 마법 '화염지옥'을 발동하였습니다!

–용족 드라코우를 성공적으로 처치하였습니다!

–용족 드라코우를 성공적으로 처치하였습니다!

……후략……

그리고 아시라스는, 최근에 이안이 탑승(?)했던 그 어떤 버스도 비교할 수 없는 놀라운 승차감을 자랑하였다.

갈수록 경험치 테이블이 기하급수적으로 커짐에도 불구하고, 하루 만에 30레벨 중반까지 달성되었으니 말이다.

–레벨이 올랐습니다. 30레벨(초월)이 되었습니다.

–레벨이 올랐습니다. 31레벨(초월)이 되었습니다.

……중략……

–레벨이 올랐습니다. 35레벨(초월)이 되었습니다.

그 와중에 '용린패'가 만들어진 것은 당연했으며, 각종 아이템 제작 재료로 사용되는 희귀한 용의 부산물들이 인벤토리에 한가득 쌓였다.

–드라코우의 비늘×59

–튼튼한 드라코우의 큰 다리뼈×24

–날카로운 드라코우의 허리뼈×36

–드라코우의 역린×4

……후략……

게다가 마지막에 아시라스로부터 '천룡의 비늘'을 꼭 구해다 주겠다는 약속까지 받아 내었으니, 이보다 더 나은 시나리오는 있을 수 없는 것이다.

그런데 이 와중에, 이안이 잃은 것도 한 가지 있기는 했다.

이안에게 질려 버린 아시라스와의 친밀도가 대폭 감소했으니까.

-자운룡 '아시라스'와의 친밀도가 감소합니다.

물론 이안은 별로 아쉬워하지도 않았지만 말이다.

'뭐, 용천은 넓고 드래곤은 많으니, 다른 드래곤이랑 친해지면 되지, 뭐.'

여하튼 '용사의 의식'을 치르기 위해 얼떨결에 용천에 떨어져서는, 기대했던 것을 훨씬 넘어서는 어마어마한 결과물을 만들어 낸 이안.

'크, 다 좋지만 역시 마지막 한 수가 신의 한 수였어.'

이안은 드라코우를 테이밍할 생각을 해낸 자신의 잔머리에 연신 감탄을 거듭하였다.

막대한 경험치나 천룡의 비늘도 대단한 수확이기는 했지만, 결국 지금 가장 중요한 것은 진행 중인 용사의 의식 퀘스트였으니 말이다.

이 한 수로 인해 너무도 쉽게 퀘스트 조건을 완수하였으며, 그것을 넘어 목적을 초과 달성해 버리게 된 것.

'으흐흣, 이제 제단으로 한번 돌아가 볼까?'

마지막까지 우울한 표정을 하고 있던 아시라스의 얼굴을

떠올린 이안은, 피식 웃으며 태초의 평원을 떠나 고요의 바위산으로 향했다.

고요의 바위산 정상으로 돌아가야 다시 포털을 타고 제단으로 복귀할 수 있었으니 말이다.

"훗차!"

핀을 타고 빠르게 바위산에 도착한 이안은, 가벼운 몸짓으로 포털을 향해 뛰어들었다.

이어서 푸른빛으로 요동치던 커다란 포털은 이안을 집어삼킨 뒤 감쪽같이 모습을 감추었다.

-이안, 생각했던 것보다 일찍 돌아왔군.

"예, 뭐……. 그렇게 되었네요."

-역시……. 아무리 대단한 실력을 가진 용사라 하더라도, 너무 무리한 임무를 내렸던 것인가.

"그게 무슨 말이세요? 말씀하셨던 드라코우, 테이밍해 왔는데요?"

의식의 제단에 도착한 이안은 곧바로 퀘스트를 진행하기 시작하였다.

동상의 앞에 서, 아시라스로부터 강탈해 온 드라코우를 소환한 것이다.

쿠우웅—!

제단을 가득 채울 정도로 거대한 몸집을 뽐내며, 동상의 앞에 소환된 드라코우.

—크르륵.

녀석은 무척이나 불만스러운 표정으로 이안을 노려보았지만, 그는 대수롭지 않다는 표정으로 다시 입을 열었다.

"자, 됐죠? 말씀하셨던 드라코우. 그중에서도 제일 실한 놈으로다가 잡아 왔습니다요."

—……?

그리고 이안의 이어진 말에, 천신의 목소리는 더 이상 들려오지 않았다.

생각지도 못했던 당황스러운 상황에 말을 잃어버리고 만 것이다.

이안은 이 상황을 즐기면서, 그의 다음 말이 이어질 때까지 기다렸다.

'흐흐, 퀘스트 조건이 분명 초과 달성되었으니 뭐라도 하나쯤 더 얹어 주지 않을까?'

모든 퀘스트가 그런 것은 아니지만, 퀘스트의 조건을 초과 달성한 경우 추가 보상을 획득할 수 있게 되는 경우가 더러 있었다.

때문에 이안은 은근히 기대하는 마음으로 이어질 다음 말을 기다렸다.

이윽고 천신의 목소리가 다시 쩌렁쩌렁 울려 퍼지기 시작하였다.

그리고 그 내용이 이어질수록, 이안의 표정은 점점 더 밝아져 갔다.

―영웅의 의식에 도전하는 용사여, 그대는 지금껏 그 어떤 누구도 하지 못했던 일을 해 내었노라. 그대의 능력에 걸맞은 시련을 내렸다 생각하였으나, 그대는 내 생각보다도 훨씬 뛰어난 용사였다. 그대에게 남은 모든 의식을 통과할 수 있는 면제권을 주도록 하겠노라.

따로 추가 보상이 나타난 것은 아니었지만 남아 있는 다른 의식들을 프리패스할 수 있는 면제권이 주어졌으니, 지금의 상황에서는 충분히 만족할 만한 내용이었던 것이다.

그리고 마지막으로, 제단을 쩌렁쩌렁 울리며 쏟아져 내리는 신의 목소리.

―용사여, 나의 부름을 받을 준비가 되었는가.

너무 당연한 이야기겠지만, 이안은 즉시 고개를 끄덕이며 대답하였다.

"물론입니다. 전 준비가 되었습니다."

이안은 신이 난 표정으로 대답하며 고개를 끄덕였고, 그와 거의 동시에 동상에서 황금빛 광채가 뿜어져 나오기 시작하였다.

우웅― 우우웅―!

그리고 그 광채들은 잠시 동안 제단을 가득 메우더니, 이

내 이안을 향해 쏟아져 내려왔다.

쏴아아—!

이어서 이안의 눈앞에 새로운 시스템 메시지들이 떠올랐다.

띠링—!

—'용사의 의식 I /소환술사의 시련 (에픽)' 퀘스트를 성공적으로 클리어 하셨습니다!

—당신의 용맹과 뛰어난 소환술을 입증하여 천신으로부터 인정받았습니다.

—클리어 등급 : 알 수 없음

—'알 수 없음' 등급으로 퀘스트를 클리어하여, 추가 보상이 주어집니다.

—'황금빛 안장' 아이템을 획득하셨습니다.

—'용사의 징표(초월)' 아이템을 획득하셨습니다.

—조건이 충족되었습니다.

—'용사의 의식 II /소환술사의 시련(에픽)' 퀘스트를 클리어 하셨습니다.

—조건이 충족되었습니다.

—'용사의 의식 III /소환술사의 시련(에픽)' 퀘스트를 클리어하셨습니다.

—모든 의식을 클리어하여, 진정한 '용사'의 자격을 얻으셨습니다.

—중간자의 위격을 얻기 위한 두 번째 조건이 충족되었습니다.

—중간자의 위격을 얻기 위한 마지막 조건이 개방됩니다.

황금빛으로 온통 어지러운 시야 속에서 정신없이 쏟아져

내리는 메시지들을 겨우 읽어 내려간 이안.

그런데 눈앞에 떠오른 마지막 시스템 메시지를 확인한 순간…….

–모든 퀘스트를 클리어하여 '용사의 마을'로 다시 워프됩니다.

"자, 잠깐!"

뭔가를 깨달은 이안의 입에서, 다급한 목소리가 흘러나왔다.

"10초만 시간을 줘! 상자 아직 못 깠다고……!

이안이 마지막 순간에 떠올린 것은 바로, 백룡수호대장 카미레스로부터 받았던 선물.

–용사의 의식을 진행하는 동안 위기가 찾아오거든 그 상자를 한번 열어 보시게나.

–위기……요?

–말 그대로일세. 쉽지 않은 난관에 봉착했을 때 그 상자를 열어 본다면, 적지 않은 도움이 될 것이라네.

용사의 의식 퀘스트를 진행하는 동안에만 오픈할 수 있는 아이템인, '카미레스의 황금 상자' 아이템이 머릿속에 떠오른 것이었다.

짹– 째잭– 짹–!

맑은 새소리와 함께, 동녘하늘이 천천히 밝아왔다.

그리고 그 햇살이 마을을 비추자, 자연스레 마을에는 활력이 피어올랐다.

"차원의 숲 파밍 가실 법사 한 분 구합니다! 광역딜로 코르무 한 방 나오는 법사님 우대합니다!"

"광산 퀘 하러 가실 탱커 한 분, 힐러 한 분 모집합니다! 두 분만 오시면 바로 출발해요!"

"티버의 대장간에서 직접 제작한 따끈따끈한 판금 갑옷 팝니다! 상점에서 파는 것보다 내구도며, 성능이며 훨씬 좋습니다! 구경하고 가세요!"

여느 때와 다를 바 없이 평화롭기 그지없는 용사의 마을의 아침.

하지만 이 활력 넘치고 평화로운 마을의 공터 한편에는, 우울한 표정을 하고선 바위에 걸터앉아 있는 한 남자가 있었다.

"후우……."

황금빛으로 번쩍번쩍 빛나는 상자를 양손으로 집어든 채, 땅이 꺼져라 한숨을 쉬고 있는 남자.

그의 정체는 다름 아닌 이안이었다.

-조건이 충족되지 않았습니다.

-상자를 열 수 없습니다.

"아니, 왜! 좀 열리라고오……."

—조건이 충족되지 않았습니다.

—상자를 열 수 없습니다.

"후우……."

마치 이안을 약 올리기라도 하듯 미동조차 하지 않는 황금빛 상자.

사실 여기에 얼마나 대단한 보상이 들어 있을지는 알 수 없었지만, 지금 이안은 어떻게든 이 상자를 열어 보고 싶은 마음뿐이었다.

'으, 거기서 퀘스트가 끝나 버릴 줄 누가 알았겠냐고. 다음 시련 시작할 때 열어 보려 했었는데…….'

심지어 이 얄미운 상자는 이안도 모르는 사이에 정보 창의 내용이 바뀌어 있었다.

다른 부분이 바뀐 것은 아니었지만, '알 수 없음'이라고 떠 있던 상자의 등급이 '영웅(초월)' 등급으로 바뀌어 있었던 것이다.

지상계에서야 영웅 등급 정도는 거들떠보지도 않겠지만, 여기는 중간계.

중간계에 들어선 랭커들 중에서 가장 선두에 있는 그조차도 유일 등급 이상의 초월 장비는 얻기 쉽지 않았으니, 이안의 입장에서는 더욱 약이 오를 수밖에 없었다.

'아마 퀘스트 시작되자마자 오픈 가능 상태로 바뀌면서 등급이 정해진 거겠지.'

마치 받았던 선물을 다시 빼앗긴 아이처럼, 세상 다 잃은 표정으로 허공을 응시하는 이안.

지금 당장이라도 이 상자를 들고 카미레스를 찾아가 열어 달라 하고 싶었지만, 그럴 수는 없는 상황이었다.

카미레스는 어디 갔는지 지금 막사에 없었고, 오늘 해야 할 일정이 있는 이안은 카미레스를 찾아 돌아다닐 시간이 없었으니 말이다.

그리고 그렇게, 이안이 잠시 동안 분을 삭이며 앉아 있던 그때.

익숙한 얼굴들이 하나둘 이안의 주변에 다가오기 시작하였다.

그들은 바로 헤르스와 피올란, 레미르 등 로터스 길드의 길드원이었다.

"자, 다들 준비는 끝난 거지?"

헤르스의 말이 떨어지자 비장한(?) 표정으로 고개를 끄덕이는 로터스의 길드원.

그리고 그들 중 이안과 헤르스를 비롯한 여섯 명이 앞으로 나와 모였다.

"너무 부담 갖지 말자고요, 우리. 어차피 128위 안에만 들어가면 되는 것 아닌가요?"

레비아의 말에, 옆에 있던 유신이 고개를 끄덕이며 입을 열었다.

"맞아요, 128위. 그 안에만 들면 어차피 순위가 높다고 해서 이득 볼 수 있는 부분은 딱히 없어요."

"흐흐, 설마 우리가 28위도 아니고 128위 안에 못 들겠습니까? 맘 편히 합시다."

한마디씩 나누며, 장비와 스킬들을 정비하는 여섯 명의 길드원.

오늘은 바로 '영웅의 협곡' 참전을 위한 첫 번째 순위 결정전이 치러지는 날이었다.

이안이 용사의 의식을 진행하기 위해 용천에 다녀오고, 또 레벨 업에 힘쓰느라 시간을 보낸 사이, 용사의 마을에도 이제 '용사'계급을 가진 랭커들이 제법 많이 생겨났다.

지금 로터스 길드원 중에도 벌써 '용사' 계급을 달성한 사람이 스무 명 가까이 되었으니, 천군 진영 전체로 따지면 얼추 이백 명도 넘는 랭커들이 용사 계급을 달성하였고, 마군 진영까지 합하면 거의 오백 명의 용사 계급 랭커들이 탄생했다고 볼 수 있다.

물론 그래 봐야 아직 초월 레벨은 10대에서 크게 벗어나지 못했겠지만, 그것이 중요한 것은 아니었다.

용사 계급이 오백 명에 달한다는 것은, 순위 결정전에 참여할 수 있는 팀도 50팀이 훌쩍 넘을 수 있다는 것이었으니 말이다.

모두 128팀을 뽑는 순위 결정전에서 고작 50팀 정도가 참여한다면 너무 넉넉한 것이 아니냐고 생각할 수 있겠지만, 결코 그렇지 않았다.

이번은 단지 첫 번째 순위 결정전에 불과했고, 다음 주에 열릴 두 번째 순위 결정전에는 훨씬 많은 팀이 참전하게 될 테니 말이었다.

"첫 주부터 이렇게 많은 팀이 참전할 거라고는 생각도 못 했네요."

피올란의 말에, 레미르가 고개를 끄덕이며 대답하였다.

"맞아요. 저는 꾀 해야 다섯 팀에서 열 팀 정도 나올 거라고 예상했었는데……. 제가 세계 랭커들을 너무 만만하게 생각했었나 봐요."

"지금 랭킹 목록 보니까 공헌도 9만 넘은 사람들이 수두룩하네요. 다음 주엔 정말 볼 만하겠어요."

"그쵸. 다음 주쯤이면 후발 주자들까지도 대거 용사 계급 달 테니, 500팀 정도는 가볍게 나오지 않을까 싶네요."

"으……. 128팀도 못 채울 거라고 생각했었는데, 우리가 좀 안일했었나 봐요."

제 1회 영웅의 협곡 전투가 치러지기 전까지, 순위 결정전은 이번 주를 포함하여 두 번이 전부이다.

그리고 이 두 번의 기회 중 높은 점수를 달성한 회차의 스코어가 랭킹에 등재되게 된다.

이 랭킹 목록을 기준으로 128위 안에 들어 있는 팀까지, 카일란 세계대전이라 할 수 있는 '영웅의 협곡'에 참전할 기회가 주어지는 것이고 말이다.

"뭐, 한 번의 기회가 더 남아 있기는 하지만, 그래도 최선을 다 해서 기록 한번 만들어 보자고요."

헤르스의 말에, 로터스 대표로 참전하기로 결정된 여섯 사람이 동시에 고개를 주억거렸다.

그런데 다음 순간, 뭔가 이상함을 발견한 훈이가 이안을 향해 물어보았다.

"형, 무슨 일 있어?"

"음? 뭐가?"

"표정이 안 좋은데, 뭐 기분 나쁜 일이라도 있는 거야?"

그리고 훈이의 물음에 대답한 것은, 이안이 아닌 헤르스였다.

"재 기분 안 좋을 수가 없을 텐데."

"……?"

"노엘이한테 아까 들었는데, 어제 용천 가서 NPC 엄청 털어 먹었다던데?"

"헐, 또 뭘 얼마나 털어 먹은 거야, 이 형?"

"노엘이 말에 의하면 이안이 재 초월 레벨 30도 넘었을 거라고…….”

“커헉……!”

헤르스의 이야기를 들으면서, 또다시 배가 아파 오기 시작하는 훈이.

‘크윽, 난 이제 초월 13레벨인데……. 용사의 의식 퀘는 아직 시작도 못 했는데…….’

하지만 정작 당사자인 이안은, 두 사람의 대화에 관심조차 없었다.

다만, 모르는 사람이 듣기에 무시무시한 내용의 말을 낮은 목소리로 중얼거릴 뿐.

“부숴 버려서라도 갖고 말겠어…….”

그 말을 잘못들은 레미르가 기겁한 목소리로 입을 열었다.

“이안이가 전장 다 부숴 버리겠대!”

매주 벌어지는 용사의 마을 요일 전장으로 인해, 최근 들어 방송 콘텐츠가 넘쳐나는 게임 방송 방송사들.

특히 한국 게임 방송 시장의 절반이 넘는 지분을 차지하고 있는 YTBC는, 최근 매출과 주가가 수직상승 하고 있었다.

예전에는 한 자릿수를 절대로 넘지 못하던 시청률이, 최근에는 어지간한 공중파 인기 프로그램을 위협할 정도로 치솟아 오르고 있었으니, 매출이 오르지 않으려야 않을 수가 없는 것이었다.

"자, 오늘 방송 엄청 중요한 건 다들 아시죠?"

하인스의 말에, 방송국 스텝들이 고개를 끄덕이며 동의하였다.

오늘은 바로, 영웅의 협곡 첫 번째 순위 결정전이 벌어지는 날.

영웅의 협곡은 현재까지 카일란에서 나왔던 모든 콘텐츠들 중, 가장 많은 유저들의 관심이 몰려 있었다.

게임 내에서 콘텐츠 자체가 가지는 중요성보다는, 시청자들에게 가장 많은 볼거리를 제공하는 콘텐츠일 것이기 때문이었다.

이것은 카일란 표 E-스포츠나 다른 없는 콘텐츠였으니 말이다.

"오늘 순위 결정전에 참전하는 한국 팀이 총 다섯 팀인가요?"

루시아의 말에, 하인스가 고개를 끄덕이며 대답하였다.

"맞아요, 다섯 팀. 사실 정확히 말하자면 4.5팀 정도라고 할 수 있겠네요. 마군 진영 팀 중 한 곳은, 한국 길드랑 일본 길드가 섞여 있는 팀이니까요."

"오, 그런 팀이 있나요?"

"네. 한국 유저 둘에 일본 유저 넷으로 구성된 팀이 하나 있어요.”

“아하…….”

오늘 YTBC의 방송 일정은, 전부 다 순위 결정전으로 도배되어 있었다.

일단 정오에 시작될 첫 타임에는 로터스 길드의 팀 순위 결정전이 방영될 예정이었다.

그리고 그 다음 순서가 타이탄, 이어서 마족 진영의 팀인 호왕 길드와 다크루나 길드의 순서가 기다리고 있었으니 말이다.

이렇게 일정이 빡빡하다 보니 YTBC의 간판이라 할 수 있는 루시아와 하인스는 아침부터 바쁠 수밖에 없는 것.

게다가 처음으로 대중에게 보이는 콘텐츠인 만큼, 캐스터인 하인스와 루시아의 입장에서는 공부해야 할 것들도 무척이나 많았다.

“그래도 역시 최고 시청률은, 이 첫 번째 타임에 피크를 찍겠죠?”

루시아의 말에, 하인스가 웃으며 고개를 끄덕였다.

“그야 당연한 것 아니겠습니까? 아마 한국 카일란 유저 전부가 TV를 틀지 않을까요?”

“호호, 아무래도 그렇겠죠?”

하인스와 루시아는 두런두런 대화를 나누며, 차근차근 방송을 준비하기 시작하였다.

그리고 두 사람은, 오늘 방송으로 또 다시 최고 시청률을 갱신할 수 있기를 기대하고 있었다.

콘텐츠가 처음 공개되는 순간인 데다, 한국 최고의 랭커이자 가장 많은 팬을 보유하고 있는 이안이 오랜만에 모습을 드러내니, 시청률이 폭발할 것은 자명한 사실이었으니 말이다.

그리고 잠시 후, 시계바늘이 정확히 12시 정각을 가리키자…….

"안녕하세요, 여러분. YTBC의 캐스터 하인스입니다."

"반갑습니다, 여러분! 캐스터 루시아입니다."

두 사람의 밝은 목소리와 함께, YTBC의 방송이 시작되었다.

우우웅―!

―'영웅의 협곡' 전장에 입장하였습니다.

―지금부터 전투가 전부 끝날 때까지, 전장을 벗어날 수 없습니다(팀원 중 한 명이 로그아웃될 시, 자동으로 실격 처리됩니다).

―모든 장비가 착용 해제되었습니다.

―영웅의 협곡 전장 안에서는 인벤토리 오픈이 제한됩니다.

―영웅의 협곡 전장에서는 '영웅 상점'에서 판매하는 아이템만을 사용

할 수 있습니다.

—전장에 입장한 모든 유저의 초월 레벨이 1로 재설정됩니다.

……중략……

—마군 진영의 '차원의 홀'이 부서지면 전투에서 승리할 수 있습니다.

—천군 진영의 '차원의 홀'이 부서지면 전투에서 패배하게 됩니다.

—전투에서 패배할 시, 획득한 점수는 절반으로 적용됩니다.

—유저 네임 : 이안

—클래스 : 소환술사

—지금부터 3분 뒤, 차원병사들이 소환되기 시작합니다.

영웅의 협곡에 입장한 이안의 눈앞에, 수많은 시스템 메시지들이 떠올랐다.

이어서 그 모든 메시지들을, 이안은 차근차근 읽어 내려갔다.

이안으로서도 완전히 처음 접하는 콘텐츠이다보니, 모든 것이 생소할 수밖에 없는 것이다.

'레벨도 1로 재설정되고, 아이템도 전부 사용할 수 없다고?'

그리고 그 내용들을 확인한 이안은 카일란 기획 팀의 의도를 분명하게 느낄 수 있었다.

'지금까지 누적시킨 모든 보상들과 경험치, 장비들을 배제하고 오로지 실력으로만 승부할 수 있도록 판을 깐 거네.'

처음에는 AOS장르의 게임과 비슷할 수도 있다고 생각하였으나, 그것은 확실히 아니었다.

일단 미니맵을 통해 확인할 수 있는 전장의 구조가, 정형화되어 있는 AOS게임과는 확연히 달랐으니 말이다.

AOS게임과 비슷한 점이라면, 양쪽 진영에서 차원병사들이 끊임없이 소환된다는 사실 정도.

'아직 뭐가 뭔지는 잘 모르겠지만…….'

주변을 빠르게 스캔한 이안의 한쪽 입꼬리가 슬쩍 말려 올라갔다.

아무래도 이 전장 안에서 재밌는 일들이 많이 벌어질 것 같았기 때문이었다.

영웅의 협곡에는 두 가지 종류의 전장이 있으며, 그 두 가지는, PVE와 PVP로 분류할 수 있다.

플레이어와 플레이어간의 전투, 그리고 플레이어와 인공지능간의 전투로 나뉘어지는 것이다.

그리고 지금 로터스 길드가 입장한 순위 결정전의 경우 PVP가 아닌 PVE였다.

마족 진영과의 전투이기는 하지만, 상대 진영에 마족 유저들이 입장하지는 않는다는 말이다.

로터스 길드가 싸우게 될 적은 마군 진영의 병력들.

하지만 그렇다고 해서 결코 쉽게 볼 수 있는 전장은 아니었다.

천군 진영에 로터스 길드 유저 여섯이 포함되었다면, 마군 진영에는 유저 대신 장군 NPC들 여섯이 포함되어 있었으니 말이다.

비록 인공지능이기는 하지만, 어쩌면 마족 유저들보다도 더 강력한 상대일 수 있는 것.

물론 장군 NPC들도 전부 초월 레벨 1부터 시작하는 것이기는 하나, 일반 마군 병사들과 AI의 급 자체가 다르다고 할 수 있었다.

AI의 플레이가 뛰어나 봤자 얼마나 뛰어나겠냐고 생각할 수도 있겠지만, 그것은 사실 잘못된 생각이다.

과거 유명 게임들에서 사용되었던 핵 프로그램들을 떠올려본다면, 최상급 AI들의 능력을 짐작해 볼 수 있으리라.

'카일란 개발자들은 오히려 순위 결정전에서 승리하는 게 더 힘들 거라고 그랬다지.'

카일란 공식 홈페이지에 올라와 있던 개발자 인터뷰 내용을 떠올린 이안은 더욱 흥미로운 표정이 되었다.

개발자들의 자신만만한 인터뷰는, 그에게 있어 오히려 자극이 되는 것이었으니 말이다.

-500차원코인이 주어집니다.

-전투가 시작되기 전, 차원 상인으로부터 필요한 아이템을 구매하는

것이 좋습니다.

시스템 메시지를 확인한 이안 일행은 빠르게 이동하여 천군진영의 '차원 상인'을 향해 다가갔다.

그러자 차원 상인 NPC가 반갑게 그들을 맞이하였다.

"어서 오시게, 전장에서 승리하려면 좋은 장비를 착용하는 것은 선택이 아닌 필수라고 할 수 있지."

이어서 차원 상인의 대사가 끝남과 동시에, 일행의 눈 앞에는 구매 가능한 아이템 목록이 주르륵 하고 떠올랐다.

하지만 도합 스무 가지 정도 되어 보이는 아이템 목록들이 떠올랐음에도 불구하고, 일행이 아이템을 고르는 데에는 그리 오랜 시간이 걸리지 않았다.

500차원코인으로 구매 가능한 아이템은, 극히 한정적이었으니 말이다.

'흠, 무기를 구매하는 것도 나쁘지 않은 선택이겠지만, 나에겐 화염시가 있으니까.'

한차례 장비들을 쭉 훑어본 이안은 망설임 없이 아이템 하나를 선택하였다.

그리고 그것은, 푸른 사파이어가 박혀 있는 수수한 형태의 목걸이였다.

띠링-!

-'마력 순환의 목걸이' 아이템을 구매하시겠습니까?

-'마력 순환의 목걸이' 아이템을 구입하면 375차원코인이 차감됩니

다.

이안이 선택한 목걸이를 본 차원 상인이 재미있다는 듯한 표정으로 입을 열었다.

"오호라, 보는 안목이 있는 친구로구먼."

"후후, 그렇습니까."

"마력 순환의 목걸이는 전투에 큰 도움이 되는 훌륭한 아이템이지."

차원 상인은 목걸이를 꺼내어 이안에게 건네주며 한마디 덧붙였다.

"하지만 첫 아이템으로 무기나 방어구를 구매하지 않는 것은 위험한 선택일 수도 있다네. 정말 이 목걸이를 구매하시겠는가?"

일반적인 영웅의 협곡 시작 아이템은 사실 거의 정해져 있는 것이나 다름없었다.

주어진 500차원코인을 전부 사용해서 구매할 수 있는 장비들이, 클래스별로 하나씩 있었으니 말이다.

소환술사 클래스의 경우, 소환수들의 능력치를 소폭 버프시켜 주는 '보주' 아이템이 기본 장비였던 것.

하지만 이안은 망설임 없이 이 목걸이를 선택했다.

-'마력 순환의 목걸이'아이템을 성공적으로 구매하셨습니다!

그리고 당연히 이 목걸이를 선택한 데에는 타당한 이유가 있었다.

'아무 장비 없이 화염시를 난사하면 분명 소환 마력이 턱없이 부족할 거야.'

무기를 착용하지 못해 공격력면에서 손해를 본다고 할지라도, 마력의 부족함 없이 화염시를 난사하는 게 훨씬 높은 DPS를 뽑아낼 수 있는 길이라고 생각한 것이다.

마력 순환의 목걸이

분류 : 목걸이 **등급** : 일반 (초월)

모든 종류의 스킬 소모값(마나, 기력, 정령 마력, 어둠 마력 등)의 회복 능력을 100퍼센트만큼 증폭시켜 주는 아이템입니다.

*영웅의 협곡 전용 아이템입니다.

*유저 '이안'에게 귀속된 아이템입니다.

*다른 유저에게 양도하거나 판매할 수 없으며, 영웅의 협곡 내에 존재하는 '상인'들에게만 되팔 수 있습니다(판매 가격 : 원가의 50퍼센트).

정보 창을 한 번 더 읽어 본 뒤 흡족한 표정으로 아이템을 장착한 이안.

이어서 그는 남은 돈으로 한 가지 아이템을 추가로 구매하였다.

–'경험 증폭의 경단' 아이템을 구매하시겠습니까?

–'경험 증폭의 경단' 아이템을 구입하면, 100차원코인이 차감됩니다.

125코인 중 100코인을 활용하여, 판매 목록에 존재하는 소모성 아이템 중 가장 고가의 아이템을 구매해 버린 것이다.

이안이 부츠나 벨트, 장갑 따위의 장비라도 구매할 줄 알았던 차원 상인은 더욱 놀란 표정으로 다시 이안을 향해 물었다.

"자네, 정말 후회하지 않을 자신 있나?"

"얼른 주기나 하시죠. 이제 1분만 더 있으면 전투 시작이라고요."

"허허, 거 참 재밌는 친구로구먼. 알겠네. 행운을 빌도록 하지."

–'경험 증폭의 경단' 아이템을 성공적으로 구매하셨습니다!

이어서 이안을 비롯한 여섯 명의 장비 구매가 전부 끝나고 나자, 차원 상인의 주변에 하얀 운무가 피어오르기 시작하였다.

"그럼 그대들의 활약을 기대하도록 하겠네. 첫 번째 전진 기지인 '승리의 야영지'까지 무사히 도착한다면, 나를 다시 만날 수 있을 것이라네."

말을 마친 차원 상인의 신형이 점점 흐려지더니, 곧 허공으로 증발해 버렸다.

그리고 이어서 이안 일행의 눈앞에 새로운 시스템 메시지들이 떠오르기 시작하였다.

띠링–!

–'차원술사들의 제단'을 격파하여 승리의 협곡을 막고 있는 차원 결계를 제거하십시오.

–미니 맵에 표시된 두 개의 제단을 전부 파괴한다면, 차원 결계의 힘

이 약해질 것입니다.

이 영웅의 협곡 전장은, 오늘 처음 열린 곳이었다.

게다가 LB사에서 사전에 콘텐츠에 대한 정보를 워낙 철저히 숨겨 왔기 때문에, 진행되는 모든 과정 하나하나가 전부 새로울 수밖에 없었다.

다만 전장을 진행하는 유저들이 알 수 있는 것은, 상대 진영의 '차원의 홀'을 파괴하면 전장에서 승리할 수 있다는 것 정도.

때문에 메시지를 확인한 이안 일행은 곧바로 판단이 서지를 않았다.

"어떻게 해야 할까요? 지금 미니 맵 보니까, 차원제단이라는 곳이 서쪽 끝에 하나, 동쪽 끝에 하나 있네요."

"그러게요. 이거 난이도를 알 수가 없으니, 인원을 나눠서 움직여야 할지, 아니면 한 군데에 몰빵해야 할지 판단이 서질 않네요."

레비아와 헤르스의 이야기에, 옆에 있던 훈이가 조심스레 의견을 제시하였다.

"헤르스 형, 그래도 이거 첫 트라이니까, 안전하게 한쪽 먼저 클리어하고 다시 반대편으로 이동하는 게 낫지 않을까?"

그리고 옆에 있던 유신이 고개를 끄덕이며 훈이의 말에 동의했다.

"훈이 말에도 일리가 있어요. 우리 이 전장에서 사망했을 때 어떻게 되는지조차 모르잖아요."

"하긴 그것도 그러네."

정보가 없는 콘텐츠를 플레이할 때, 조심스러워질 수밖에 없는 것은 너무도 당연한 것.

훈이의 의견에 일행은 고개를 끄덕이며 동의했고, 일행은 마지막으로 이안을 향해 시선을 옮겼다.

길드 마스터야 헤르스이기는 하지만, 언제나 그랬듯 마지막에는 이안의 오더대로 움직이는 것이 로터스 길드의 전통(?)이었으니 말이다.

그리고 일행의 시선을 느낀 이안이, 낮은 목소리로 입을 열기 시작하였다.

"나 빼고 나머지 다섯 명은 동쪽에 있는 제단을 공략하러 이동해."

생각지 못했던 이안의 이야기에, 헤르스가 살짝 당황한 표정으로 이안을 향해 물었다.

"뭐? 그럼 너 혼자 서쪽 제단을 공략하겠다는 거야?"

옆에서 그들의 대화를 듣던 레미르 또한 헤르스의 편을 들며 나섰다.

"그건 말도 안 돼. 아무리 너라고 해도, 레벨이랑 장비 다 초기화된 상황에서 너무 무모한 선택이라고."

두 사람의 말을 들은 이안은 고개를 살짝 저으며 다시 입을 떼었다.

"당연히 나 혼자 서쪽을 공략하겠단 건 아니야."

"그럼?"

"다섯 명이 동쪽 제단을 공략하는 동안 내가 서쪽 제단 방향으로 이동하면서 정찰해 두고, 동쪽이 마무리되면 레미르 누나가 좌표 찍고 메스 텔레포트 쓰자."

"아……!"

이안의 말이 끝나자 다섯 사람은 거의 동시에 탄성을 터뜨렸다.

사실 그렇게 기발하다고까지 할 만한 발상은 아니었으나, 그것을 순간적으로 떠올려 냈다는 것이 감탄스러웠기 때문이었다.

그런데 그때, 훈이가 의아하다는 표정으로 이안에게 물었다.

"형, 좋은 생각이기는 한데, 그럴 거면 굳이 형이 그쪽으로 갈 필요가 있을까?"

"음……?"

"어차피 좌표만 확보하면 되는 거니까, 내 소환수나 형 소환수를 하나 보내 놓으면 되는 거잖아. 굳이 여기서 최고 전력인 형이 그쪽으로 갈 필요가 있냐는 말이지."

충분히 일리 있어 보이는 훈이의 이야기.

하지만 이안은 고개를 절레절레 저었다.

"아니, 소환수 혼자서 서쪽 끝까지 길을 뚫으면서 움직이긴 쉽지 않을 거라고 생각해. 제단까지 가는 길이 무주공산이면 상관없겠지만, 분명히 몬스터나 함정 같은 게 있을 것 같거든."

"아하!"

그리고 이안 일행이 대화하며 전략을 구상하는 동안, 남은 대기 시간은 훌쩍 지나갔다.

차원병사들이 소환되기 시작한다는 메시지가 일행의 눈앞에 떠오른 것이다.

띠링-!

-지금부터 '차원의 홀'에서 양 진영의 '차원병사'들이 소환되기 시작합니다.

-어서 승리의 협곡 너머에 있는 '영광의 평원'으로 이동하여 적 차원병사들을 무찌르고 차원의 홀을 파괴하십시오.

그리고 그와 동시에, 차원 상인 말고는 아무것도 없던 공터가 새하얀 빛으로 물들기 시작했다.

우웅- 우우웅-!

마치 땅 밑에서 솟아나기라도 하듯 순식간에 생겨나는 수많은 건물들.

한눈에 보아도 강력해 보이는 방어 타워들이 솟아남과 동시에, 그 가운데 거대한 '차원의 홀'이 만들어진 것이다.

이어서 그 차원의 홀에서는 한 번에 수십이 넘는 차원병사들이 쏟아져 나오기 시작하였다.

맵의 정 중앙을 관통하는 대로를 따라 승리의 협곡을 향해 움직이는 차원병사들.

그들을 본 이안은 한 가지 의문이 들었다.

'뭐지? 제단을 파괴해야 협곡을 지날 수 있다며?'

차원병사들이 어째서 막혀있는 협곡을 향해 이동하는 건지 의아했던 것이다.

이안은 정보를 얻기 위해, 재빨리 병사 하나를 붙잡고 물어보았다.

"지금 승리의 협곡으로 가시는 겁니까?"

"오, 용사님, 그렇습니다. 저희는 승리의 협곡을 넘어 영광의 평원으로 가야 합니다."

"승리의 협곡은 결계로 막혀 있지 않습니까?"

"그렇습니다. 하지만 용사님들과 달리 저희는 결계를 지날 수 있습니다."

"아……."

의문이 풀린 이안은 고개를 끄덕였다.

이제 대략적으로 견적이 나오기 시작했으니 말이다.

'역시 제단을 최대한 빨리 파괴하고 협곡을 지나는 게 중요한 거였어. 상대 장군들보다 우리가 빨리 도착해야 승기를 잡기 수월하겠지.'

이안과 병사의 대화를 옆에서 들은 길드원 또한 상황을 파악한 것인지 고개를 끄덕였다.

그리고 지체 없이, 미리 짜 놓은 작전대로 움직이기 시작하였다.

이안을 제외한 다섯은 동쪽으로, 이안은 서쪽으로 움직인 것이다.

이안을 비롯한 길드원이 처음 소환되었던 위치인 베이스캠프.

서쪽으로 움직여 이 베이스캠프를 벗어나자 이안의 눈앞에 새로운 메시지들이 떠올랐다.

띠링-!

-베이스캠프를 벗어났습니다.

-몬스터들을 사냥하고 레벨을 올려 '차원술사들의 제단'을 격파하십시오.

-'차원술사들의 제단' : 적정 공략 레벨 : 4~6

-영웅의 협곡에서 성장 가능한 최대 레벨은 30레벨입니다.

메시지들을 확인한 이안은 재미있다는 표정이 되었다.

'이거 엄청 친절하잖아?'

하지만 다음 메시지들이 이어진 순간, 표정을 확 구길 수밖에 없었다.

전혀 생각지도 못했던 제약이 생겨 버렸으니 말이다.

–유저 네임 : 이안

–유저 레벨 : Lv. 1

–유저 클래스 : 소환술사

–'소환술사'클래스의 기준으로 제약이 적용됩니다.

–레벨이 'Lv. 1'이므로, 스킬을 최대 한 개까지만 선택하여 사용할 수 있습니다(레벨이 두 단계 오를 때마다 새로운 스킬을 선택하여 사용 가능합니다).

–레벨이 'Lv. 1'이므로, 소환수를 최대 두 개체까지만 선택하여 소환할 수 있습니다(5레벨 단위로 소환 가능한 소환수가 하나씩 증가합니다).

'이걸 이런 식으로 제한해 버리네…….'

스킬을 하나밖에 선택할 수 없다면, 이안이 선택해야 할 첫 번째 스킬은 당연히 '소환'이다.

소환을 선택하지 않으면, 소환수를 아예 사용조차 할 수 없으니 말이다.

때문에 사실상 1레벨 때는 사용 가능한 스킬이 없다고 봐도 무방하다는 이야기.

물론 소환된 소환수들이 가진 고유 능력들을 사용할 수는 있겠지만, 그것과 별개로 이안에게 치명적인 제약일 수밖에 없었다.

이안은 화염시를 쏠 생각으로 무기를 아예 구매하지 않았던 것이다.

'뭐, 어쩔 수 없지. 빨리 레벨을 올려 3레벨부터 만드는 수

밖에.'

차원술사들의 제단을 공략하기 위한 적정 레벨은 4~6레벨.

어차피 동쪽으로 이동한 길드원이 제단을 파괴하기까지는 제법 시간이 걸릴 테니, 이안은 조급해하지 않기로 했다.

그리고 잠시 고민한 뒤, 처음부터 함께할 둘의 소환수를 선택하였다.

–스킬 '소환'을 선택하셨습니다.

–소환수 '까망이'를 선택하셨습니다.

–소환수 '엘카릭스'를 선택하셨습니다.

현재 이안이 가진 소환수들 중 가장 강력한 녀석은 당연히 '드라코우'였다.

등급이야 전설에 불과하지만, 50이라는 초월 레벨은 그야말로 깡패였으니 말이다.

하지만 여기서 이안은, 드라코우를 선택할 수 없었다.

분명히 소환된 소환수들의 레벨도 1레벨부터 시작될 것이고, 그렇다면 드라코우의 장점은 아무런 의미가 없었으니 말이다.

하여 이안이 소환수를 선택한 기준은 두 가지였다.

첫째로 전투력 성장 잠재력 자체가 높은 '신화' 등급의 소환수부터 소환한 것이었으며, 둘째로 그중에서도 다양하게 활용할 수 있는 유틸성 고유 능력을 많이 가진 소환수들을 먼저 소환한 것이었다.

본신의 고유 능력들을 봉인당했으니, 변수를 만들어 내기 위해서는 소환수들의 고유 능력이 더없이 중요해진 것.

"엘, 까망이, 오늘도 잘 부탁해."

"알겠어요, 아빠."

"푸릉. 푸르릉!"

이어서 엘과 함께 까망이의 등에 올라탄 이안은, 쏜살같이 서쪽 숲을 향해 이동하기 시작하였다.

그리고 얼마 지나지 않아, 첫 번째 사냥감들을 발견할 수 있었다.

–아, 이안이 홀로 서쪽을 향해 움직입니다. 로터스는 대체 어떤 전략을 쓰려는 것일까요?

–아마 마법사인 레미르의 텔레포트를 활용하지 않을까 싶네요.

–스킬 제한 때문에 텔레포트를 선택하는 것이 제법 부담스러울 텐데요.

–그래도 마법사의 경우 3레벨만 찍으면 총 다섯 개 스킬을 사용할 수 있으니 나쁘지 않은 선택이라고 봅니다.

–이거 흥미진진하네요. 역시 로터스! 평범하게 시작하지 않는군요.

따뜻한 햇살이 내리쬐는 한가로운 주말 오후.

오랜만에 업무에서 해방된 나지찬은 거실 소파에 몸을 누인 채 여유롭게 티비를 시청하고 있었다.

그가 시청 중인 채널은 당연히 YTBC.

이안이 포함된 로터스 팀이 영웅의 협곡에 들어섰으니, 이 전장이 어떤 양상으로 전개될지 궁금하지 않을 수가 없는 것이다.

'쉬는 날에도 일하는 것 같은 느낌이 드는 건 결코 기분 탓이 아닌 것 같지만, 그래도 재밌으니까 괜찮아.'

시선을 스크린에 고정시킨 나지찬은 오늘도 역시나 가장 좋아하는 스낵인 감자칩을 와그작와그작 씹어 먹었다.

이어서 탁자에 놓여 있던 커피를 한 모금 홀짝이며, 낮은 목소리로 중얼거렸다.

"기대되는군. 로터스는 과연 승리할 수 있을까?"

개발자 인터뷰에서도 언급했지만, 이 영웅의 협곡 순위 결정전은 결코 쉬운 난이도가 아니다.

특히나 이 협곡에 완전히 처음 입장해 정보가 없는 상황에서 진행하는 지금 같은 경우, 나지찬은 마계 랭커들을 상대하는 것보다 더 어려울 수도 있다고 생각했다.

"초반에 승기를 잡고 스노우볼을 잘 굴리는 게 중요할 거다, 이안. AI라고 만만히 봤다가는 큰 코 다칠 거라고."

마치 이안과 대화라도 하듯 중얼거린 나지찬은, 다시 화면에 집중하였다.

화면 속의 이안이 드디어 첫 번째 전투를 시작하고 있었으니 말이다.

심지어 그 첫 번째 전투부터, 무척이나 흥미진진한 상황이었다.

'처음부터 서리악령들을 만나다니. 이거 운이 좋다고 해야 할지 나쁘다고 해야 할지…….'

와그작!

감자칩을 꿀꺽 삼킨 나지찬은, 리모컨을 들어 음량을 조금 더 높였다.

그리고 마치 본인이 전투에 들어서기라도 한 듯, 긴장한 표정으로 방송을 시청하였다.

승리의 협곡을 지나기 이전까지의 맵에서는, 1~10레벨까지의 다양한 초월 레벨을 가진 몬스터들이 등장한다.

그리고 지금 이안의 눈앞에 나타난 서리악령들은 대략 2~3레벨 정도.

레벨로 따지면 첫 번째 상대로 나쁘지 않은 수준의 적당한 몬스터를 잘 만난 것이라고 할 수 있었다.

"엘, 퇴로를 차단해! 까망이, 어둠의 날개!"

-푸르릉-!

엘카릭스가 '마법의 일족' 특성을 이용해 '파이어 월'을 시전하였다.

그러고 나니 서리악령들의 움직임이 큰 폭으로 줄어들었다.

그리고 그런 녀석들을 향해 새카만 날개를 펼친 까망이의 그림자가 빠르게 쇄도하기 시작하였다.

쐐애액-!

지금 이안의 앞에 나타난 서리악령들의 숫자는 총 다섯.

숙련된 까망이의 어둠의 날개는 다섯 악령들을 정확히 훑으며 진영을 관통하였다.

-소환수 '까망이'의 고유 능력 '어둠의 날개'가 발동합니다.

-중립 몬스터 '서리악령'에게 치명적인 피해를 입혔습니다.

-'서리악령'의 생명력이 298만큼 감소합니다!

-'서리악령'이 '공포' 상태에 빠졌습니다.

-'서리악령'이 '공포' 상태에 빠졌습니다.

……후략……

까망이의 모든 고유 능력들은 상태 이상 디버프인 '공포'에서 시작하여 '공포'에서 끝난다고 해도 과언이 아니다.

때문에 패시브와 액티브를 이용하여 적들을 공포 상태에 빠지게 하는 것이 까망이의 전투력을 제대로 활용하기 위한 키포인트라 할 수 있었다.

-소환수 '까망이'의 고유 능력 '파멸의 눈빛'이 발동합니다.

—'서리악령'이 '공포' 상태에 빠졌습니다.

이어서 모든 서리악령들이 공포에 빠지자, 까망이의 등에 올라탄 이안의 다음 오더가 떨어졌다.

"까망이, 마력 연쇄 폭발!"

푸르릉—!

공포 상태인 적에게 강력한 추가 피해를 입히는 까망이의 광역 공격 기술인 '마력 연쇄 폭발'이 발동된 것.

퍼퍼펑—!

그리고 이 공격들이 전부 들어가자, 서리악령들의 생명력은 벌써 절반 이하로 떨어져 버렸다.

—'서리악령'의 생명력이 50퍼센트 미만으로 떨어졌습니다.

—'서리악령'이 고유 능력 '악령의 분노'를 발동합니다.

—'서리악령'의 전투 능력이 15퍼센트만큼 증가합니다.

서리악령은 외형만 봐도 알 수 있듯, 탱킹 능력이 떨어지고 공격력이 강한 종류의 몬스터이다.

때문에 순식간에 많은 생명력을 깎아 낼 수 있었지만, 이안은 아쉬운지 입맛을 다셨다.

'역시 장비가 없어서 그런지 딜이 제대로 안 나오네.'

기본 보주라도 착용하고 있었다면 방금 전의 폭격으로 거의 빈사 상태를 만들 수 있었을 테니, 이안의 입장에서는 아쉬울 수밖에 없는 것이다.

게다가 375코인이나 주고 구입한 '마력 순환의 목걸이' 아이템은, 3레벨까지는 쓸모도 없는 상황이었다.

현재 '소환'말고는 아무 스킬도 없는 이안에게 마력을 소모할 일이 있을 리 없었으니까.

'일단 뿍뿍이 소환해서 회복이 가능해질 때까진 안전하게 플레이해야겠어. 단숨에 쓸어 버릴 수 없다면 하나씩 차근차근 제거해야지.'

이안은 까망이를 컨트롤하여 최대한 녀석들의 공격을 회피하며, 무리하게 공격을 감행하지 않았다.

물론 엘카릭스의 드라고닉 배리어를 사용하면 좀 더 쉽게 사냥이 가능하다.

하지만 배리어는 좀 아낄 생각이었다.

한 번 사용하면 10분이나 되는 재사용 대기 시간을 기다려야 하니 말이다.

–'서리악령'의 고유 능력 '서리칼날'이 발동합니다.

–소환수 '까망이'가 '서리악령'의 공격을 회피하였습니다.

–소환수 '까망이'의 고유 능력 '그림자 회피'가 발동합니다.

–'까망이'의 상태가 '어둠'으로 변환됩니다.

–'까망이'의 생명력이 378만큼 회복됩니다.

–'까망이'의 생명력이 378만큼 회복됩니다.

……후략……

까망이의 고유 능력인 그림자 회피는 다섯 번의 회피가 누적되면 발동되는 패시브 스킬이다.

그리고 이 '그림자 회피'가 발동되어 '어둠' 상태가 되었을 때, 까망이의 파괴력은 정확히 두 배로 뻥튀기 된다.

때문에 이안은 이 타이밍을 놓치지 않고, 그대로 서리악령 하나를 집중 공격하였다.

ㅡ소환수 '까망이'가 '서리악령'에게 치명적인 피해를 입혔습니다!

ㅡ'서리악령'의 생명력이 275만큼 감소합니다!

……중략……

ㅡ'서리악령'의 생명력이 309만큼 감소합니다!

ㅡ'서리악령'을 성공적으로 처치하였습니다.

ㅡ경험치를 35만큼 획득합니다.

까망이의 공격에 깔끔히 처치되어, 허공으로 흩어지는 서리악령의 그림자.

하지만 거의 완벽한 결과에도 불구하고, 이안의 얼굴에는 또 한 번 아쉬움이 피어올랐다.

'악령들의 숫자가 좀 더 많았다면 좋았을 텐데…….'

악령들의 숫자가 많았다면 '어둠의 날개'로 인한 공포 효과가 훨씬 더 많이 발동되었을 것이다.

그리고 만약 그랬더라면 방금 '그림자회피'가 발동되었을 때 다시 한 번 어둠의 날개를 사용할 수 있었을 것이다.

'공포'가 발동될 때마다 까망이의 모든 고유 능력의 재사용 대기 시간이 1초씩 줄어드니, 25초밖에 안 되는 어둠의 날개 재사용 대기 시간 정도는 충분히 회복이 가능했을 테니 말이다.

까망이의 능력들을 잘 활용하기만 하면, 오히려 악령들의 숫자가 많을수록 사냥 속도가 훨씬 더 빨라지게 되는 것이다.

물론 숫자가 너무 많아져 감당할 수 없을 정도가 되면 위험하겠지만, 이안이 생각할 때 열다섯 정도까지는 충분히 커버가 가능할 것 같았다.

'보자, 한 마리 잡은 것으로 경험치가 거의 20퍼센트 가까이 올랐으니, 이놈들만 다 잡으면 거의 레벨 업이 가능하겠어.'

까망이를 타고 허공으로 솟아오른 이안은 까망이가 가진 고유 능력들의 재사용 대기 시간을 다시 한 번 체크하였다.

이어서 '어둠의 날개' 재사용 대기 시간이 돌아오자, 다시 망설임 없이 악령들을 향해 뛰어들었다.

"이번엔 마무리하자고!"

푸르릉- 푸릉-!

이안의 오더에 따라 날개를 펄럭이며, 거침없이 악령 사이를 누비는 까망이의 그림자.

-'서리악령'을 성공적으로 처치하였습니다.

-경험치를 35만큼 획득합니다.

-'서리악령'을 성공적으로 처치하였습니다.

-경험치를 35만큼 획득합니다.

그런데 그렇게 두 마리 정도의 악령들을 추가로 처치하였을까?

곧바로 다음 녀석을 향해 달려들려던 이안의 두 눈이 조금씩 확대되기 시작하였다.

레벨 업을 목전에 둔 그의 눈앞에 예상치 못했던 시스템 메시지가 추가로 떠올랐기 때문이었다.

—'서리악령'의 '분노'수치가 최대치에 도달했습니다.

—한계를 넘은 악령의 분노가 분출되어 새로운 악령이 생성됩니다.

—생성된 악령의 '분노' 회복 속도가 50퍼센트만큼 증가합니다.

이어서 메시지가 생성됨과 동시에, 남아 있던 두 마리의 악령들이 괴성을 지르며 포효했다.

—크르륵. 키아아악!

—캬아아아오!

마치 세포가 증식하기라도 하듯, 세 갈래로 쪼개지는 악령의 덩어리들.

그리고 그것으로, 악령들의 숫자는 다시 원점으로 돌아오고 말았다.

아니, 오히려 처음보다 한 마리 더 많아진 여섯 마리가 되어 버린 것이다.

"허어……."

생각지도 못했던 상황에 저도 모르게 헛웃음이 튀어나온 이안.

하지만 그것도 잠시, 이안의 눈은 다시 초롱초롱 빛나기 시작하였다.

아직 될지 안 될지는 확인해 봐야 하겠지만, 제법 괜찮은 생각이 뇌리를 스치고 지나갔기 때문이었다.

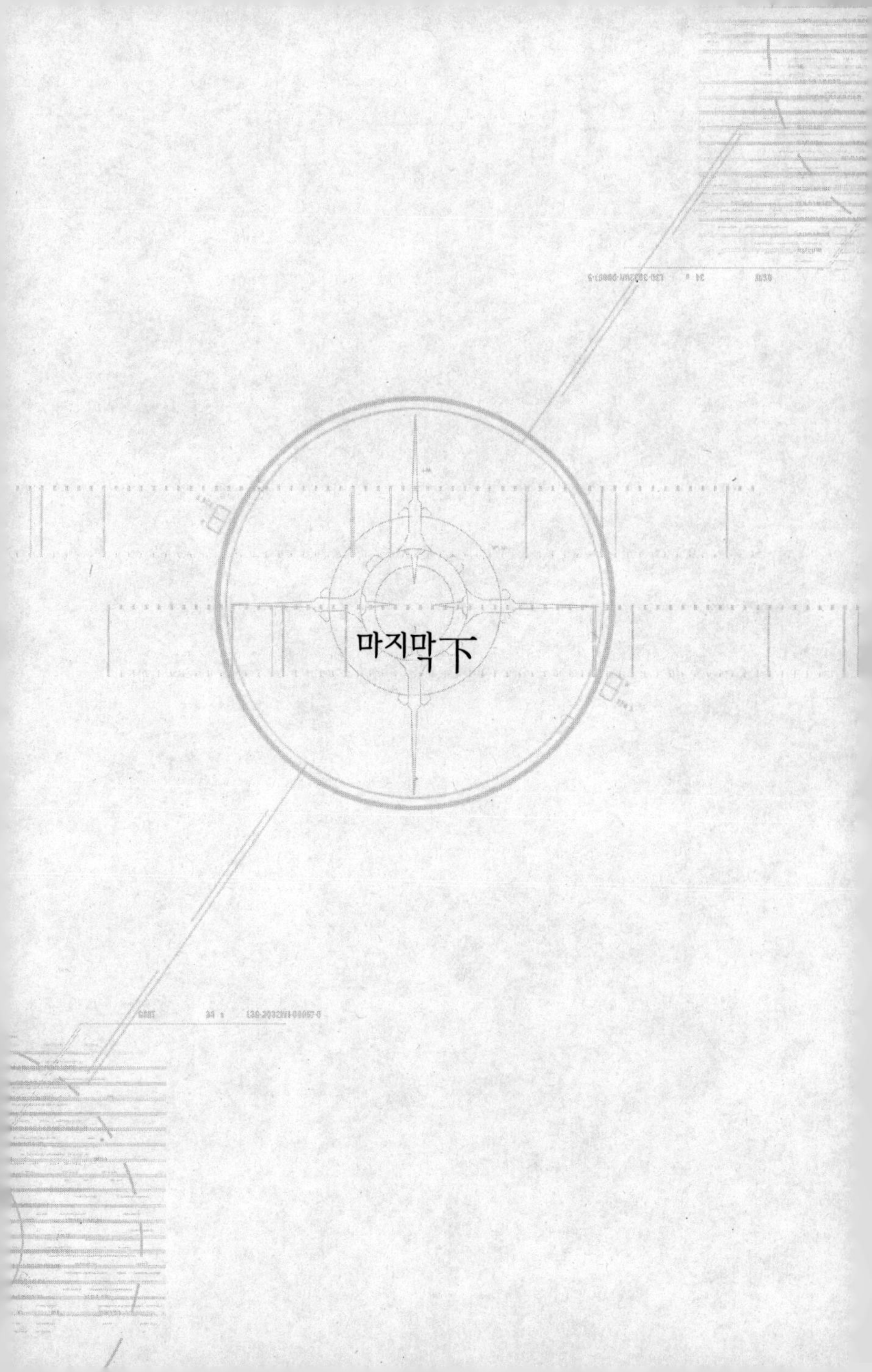

마지막 下

Taming
Master

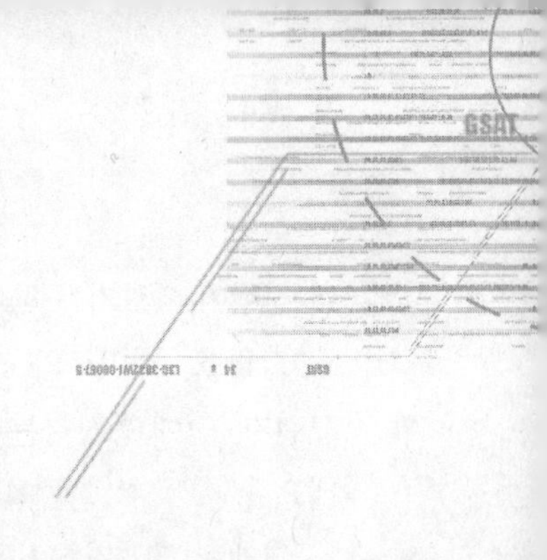

"아, 역시 이안……! 전투력 관련 장비 하나 착용 안 한 상태로 서리악령들을 순식간에 사냥했어요!"

"저 흑기린은 얼마나 강력한 잠재력을 가진 마수이기에 1레벨부터 저만한 위력을 보이는 걸까요?"

"글쎄요. 아직 흑기린을 가졌다고 알려진 유저가 이안뿐이라, 공개된 정보가 없어서 잘 모르겠네요."

용사의 협곡은, 예상 플레이 타임이 최소 6시간 최대 18시간인 마라톤 같은 콘텐츠이다.

때문에 플레이를 중계하는 캐스터들도 만만의 준비를 한 상태에서 방송을 진행하고 있었다.

"하지만 확실히 다섯 명이 뭉쳐서 이동한 서쪽 팀이 훨씬 더 진행이 빠르기는 하네요."

"그렇죠. 레미르와 간지훈이의 광역 딜이 워낙 강력해서 그런지, 숲에 등장하는 초반 몬스터들은 순식간에 쓸어 버리네요."

"그래도 뭐, 경험치가 차오르는 속도는 양쪽이 비슷합니다. 이안은 경험치를 쉐어하지 않고 독식하니까요."

"그렇습니다. 이거 흥미진진하군요."

지금 YTBC의 방송 화면은, 절반으로 분리되어 있었다.

한쪽은 헤르스를 비롯한 다섯 명의 전투 장면을 보여 주었고, 나머지 한쪽은 홀로 서쪽으로 떠난 이안의 전투 장면을 보여 주는 것이다.

물론 보여 주다가 중요한 장면이 나온다 싶으면 한쪽 화면을 확대하기는 했지만 말이다.

"어, 그런데 이거 무슨 일이죠?"

"왜 그러세요, 하인스 님?"

"이안이 갑자기 공격을 멈추고 빙빙 돌고 있어요."

"엇, 정말이네요? 무슨 일일까요?"

"마치 악령들이 증식하기를 기다리는 것 같은데요!"

"아, 악령들을 증식시켜 파밍할 생각인가 봅니다!"

"어, 괜찮은 방법인 것도 같은데, 과연 이게 효율이 나올까요?"

"글쎄요. 악령들이 생명력은 약하지만 공격력이 강한 편이라, 무리해서 증식시키다가는 아무리 이안이라도 위험할 수 있어요."

"이거 재밌네요. 악령을 증식시켜서 경험치 파밍을 한다라……. 이거 잘못하면 무리수가 되어 시간만 날릴 수도 있겠지만, 플레이하는 유저가 이안이라면 충분히 기대해 볼 만한 작전인 것 같습니다."

"맞아요, 하인스 님. 여기서 경험치를 충분히 쌓을 수 있다면, 확실히 앞서 나갈 수 있는 구도가 만들어지기는 하겠어요."

화면 속의 이안이 악령들을 증식시키는 동안, 동쪽으로 이동한 다섯 명의 파티도 네다섯 정도 되는 서리악령 무리를 만났다.

하지만 그들은, 악령이 증식한다는 사실조차 알아내지 못하고 더 깊숙한 숲으로 들어섰다.

혼자 있는 이안보다 그들의 DPS가 훨씬 높기 때문에, 악령들이 증식을 시도해 보지조차 못하고 전멸당한 것이다.

여하튼 악령들의 공격을 요리조리 피해 가며, 계속해서 그들을 증식시키는 이안.

그리고 그렇게, 5분 정도의 시간이 지났을까?

이안의 주변에는 이제 스무 마리에 가까운 악령들이 득실거리기 시작하였고, 하인스와 루시아의 얼굴에는 살짝 걱정이 어렸다.

이안의 실력과 능력에 대해서는 수없이 봐 온 그들이었지만, 이 영웅의 협곡 전장에서는 지금까지 이안이 쌓아 온 것들이 아무것도 반영되지 않기 때문이었다.

게다가 까망이의 능력에 대해 정확히 알지 못하니, 걱정되는 것이 어쩌면 당연한 상황이기도 했다.

“아, 더 이상은 위험해 보이는데요!”

“엘카릭스의 배리어가 있다고는 하지만, 이 정도 악령들을 상대하다가는 한 번의 실수로 사망할 수도 있겠어요!”

하지만 그것도 잠시.

“어엇! 이안이 드디어 사냥을 시작합니다!”

“1레벨로 2~3레벨 스무 마리를 향해 망설임 없이 뛰어들고 있어요!”

까망이의 커다란 날개가 활짝 펼쳐지자, 두 캐스터는 입을 쩍 벌린 채 할 말을 잃고 말았다.

용사의 마을 콘텐츠를 시작한 이후, 이안은 소환수들을 이전처럼 제대로 활용할 수 없었다.

보통 많아야 네다섯 마리 정도의 소환수를 운용하는 다른 소환술사들과 달리 이안은 거의 열 마리에 달하는 소환수들을 운용하였고, 때문에 소환수들의 레벨이 본신의 레벨을 전혀 따라오지 못했으니 말이다.

평소 같았다면 소환수들의 레벨을 맞추기 위해 파밍 노가다를 했을 텐데, 다른 랭커들을 제치고 용사의 마을 콘텐츠들을 앞서 나가느라 그럴 시간적 여유가 부족했던 것이다.

그래서 '까망이'는, 대중들에게 알려질 기회가 많지 않았다.

이안이 까망이를 얻은 시점은 용사의 마을 콘텐츠를 시작하기 직전이었으니, 공식적인 전투에서 몇 번 등장하지 못한 것이다.

대중들이 이안과 까망이의 활약을 제대로 본 것은 신의말판 전장과 용맹의 깃발 전장에서 정도.

게다가 그때는 이안의 다른 소환수들까지 전부 등장하였으니, 까망이에 대한 집중도는 떨어질 수밖에 없었다.

때문에 지금까지 까망이는 이안의 팬들에게 하르가수스 정도의 존재감밖에 보여 주지 못했다.

그러나 이번에는 달랐다.

영웅의 협곡은 모두가 1레벨부터 시작이었고, 게다가 이안이 첫 번째로 선택하여 소환한 소환수가 까망이였으니, 전장의 주인공이 까망이가 될 수밖에 없는 것이다.

푸르릉-!

이안은 정말 하르가수스의 모든 능력을 최대치까지 활용하여, 서리악령들을 학살하기 시작하였다.

—소환수 '까망이'의 고유 능력 '어둠의 날개'가 발동합니다.

—중립 몬스터 '서리악령'에게 치명적인 피해를 입혔습니다.

—'서리악령'의 생명력이 298만큼 감소합니다!

—'서리악령'이 '공포' 상태에 빠졌습니다.

—소환수 '까망이'의 모든 고유 능력 재사용 대기 시간이 1초만큼 회복됩니다.

……중략……

—소환수 '까망이'의 고유 능력 '어둠의 날개'가 발동합니다.

—소환수 '까망이'의 고유 능력 '그림자 회피'가 발동합니다.

—'까망이'의 상태가 '어둠'으로 변환됩니다.

—'까망이'의 생명력이 378만큼 회복됩니다.

—소환수 '까망이'의 고유 능력 '마력 연쇄폭발'이 발동합니다.

—소환수 '까망이'의 고유 능력 '어둠의 날개'가 발동합니다.

……후략……

모르는 사람이 보기에는 그저 광역 스킬을 난사하는 것처럼 보일지 몰라도, 까망이를 활용한 악령 학살의 매커니즘은 제법 복잡한 것이었다.

첫 번째, 대시Dash 기술인 '어둠의 날개'를 발동시켜 최대한 많은 개체에 '공포' 상태 이상을 묻힌다.

'공포' 상태 이상을 충분히 묻히지 못한다면 다음 '어둠의 날개'를 사용할 타이밍이 늦어지기 때문에, 스킬 각을 잡는 것이 무척이나 중요하다.

두 번째, 전방으로 돌진하는 와중에 쏟아져 들어오는 공격들을 최대한 회피하여, '그림자 회피' 고유 능력을 발동시킨다.

'그림자 회피'가 발동되면 까망이의 지능 스텟에 비례하여 생명력이 회복되기 때문에, 웬만큼 피해를 입더라도 전부 회복할 수 있다.

세 번째, '그림자 회피'가 발동되어 '어둠'상태가 된 까망이의 공격력 버프가 끝나기 전에, 다시 한 번 어둠의 날개를 발동시켜 악령들을 '공포' 상태에 빠뜨린다.

그리고 마지막으로, 극한까지 계수가 증폭된 '마력 연쇄 폭발'을 발동시켜, 악령들을 전멸시킨다.

자세히 뜯어 보면 이렇게 복잡하지만, 겉에서 보기에 까망이의 공격은 너무 단순했다.

거대한 날개를 펼쳐 양쪽으로 두 번 대쉬하더니, 허공으로 솟아올라 마력 폭발을 발동시켰을 뿐이니 말이다.

게다가 그것으로 열댓 마리의 악령들이 순식간에 잿더미로 변해 버리니, 일반 유저들이 보기에 이것은 '사기'처럼 느껴질 수밖에 없었다.

YTBC의 중계와 라이브로 연결되어 있는 시청자 게시판에는 까망이의 활약에 폭발할 듯 채팅이 올라오기 시작하였다.

—무슨 1레벨짜리 소환수가 딜이 저렇게 센 거지?

—저 소환수 대체 어디서 구할 수 있나요?

—저거 소환수 아니라 마수예요. 구할 수 있는 방법은 이안밖에 모르겠죠.

—아니, 위력도 위력인데, 저런 광역 대쉬기 재사용 대기시간이 왜 이렇게 짧은 거임? 이거 밸붕인데.

—LB사가 벨붕 스킬을 만들었겠음? 분명 조건부 재사용 대기 시간 감소 같은 패시브가 달려 있겠죠.

—와, 오졌다……. 날개 펴고 슥슥 지나가니까 악령들 그냥 지워지네.

하지만 유저들의 놀람은, 거기서 끝이 아니었다.

이안이 한차례 악령들을 쓸어 담았음에도 불구하고, 순식간에 또 스무 마리에 가까운 악령들이 생겨났기 때문이었다.

일부러 이안이 너댓 마리의 악령들을 증식용으로 남겨 둔 것이다.

—크, 이런 식으로 무한 사냥하면 순식간에 10레벨 찍는 거 아님?

—에이, 그 정도는 아닐 듯. 악령들 최대 레벨이 3밖에 안 되는데, 레벨 좀 더 오르면 경험치 효율 나빠지지 않을까요?

위기 상황마다 엘카릭스의 배리어와 마법들을 활용하며, 극한의 효율을 뽑아내며 파밍을 계속하는 이안.

그리고 그 결과, 이안은 순식간에 초월 5레벨까지 달성할 수 있었다.

띠링-!

-경험치가 충족되었습니다.

-레벨이 상승하여, 초월 5레벨이 되었습니다.

-추가로 한 마리의 소환수를 더 소환할 수 있습니다.

-추가로 하나의 스킬을 더 사용할 수 있습니다.

5레벨이 된 이안은, 이제 두 개의 스킬과 한 마리의 소환수를 추가로 사용할 수 있게 되었다.

스킬은 2레벨 단위로 하나씩 개방되니, 5레벨인 지금 총 세 개의 스킬이 오픈된 것이다.

하여 이안은 화염시에 더하여 '공간 왜곡'을 선택한 뒤, 망설임 없이 뿍뿍이를 소환하였다.

그리고 뿍뿍이를 향해 은근한 목소리로 입을 열었다.

"뿍뿍아, 충분히 쉬었지?"

"뿍?"

"오랜만에 형이랑 일 좀 해 보자."

"……!"

이제 화염시를 사용할 수 있게 된 데다 뿍뿍이까지 소환하였으니, 이안은 작정하고 판을 키우기 시작하였다.

서리악령 양식장의 규모를 두 배도 넘게 키워 버린 것이다.

물론 슬슬 경험치 획득량이 줄어들기 시작하였지만, 그래도 아직까지는 경험치 게이지가 차오르는 것이 눈에 보일 정도!

이안은 이 양식장에서 뽑아먹을 수 있는 데까지 최대한의 경험치를 뽑아먹은 뒤 서쪽 숲으로 이동할 생각이었다.

'잘하면 7레벨. 아니 8레벨까지는 고효율로 올릴 수 있겠어.'

–경험치가 충족되었습니다.

–레벨이 상승하여, 초월 6레벨이 되었습니다.

또다시 경험치가 가득 차올라 무려 6이 되어 버린 이안의 레벨.

동쪽으로 간 길드원의 레벨이 이제 3~4레벨인 것을 감안하면 그야말로 엄청난 속도의 레벨 업이었고, 이안은 땀을 뻘뻘 흘리며 계속해서 파밍을 이어 갔다.

여기서 최대한 레벨을 올린 뒤, 숲속에서 추가 사냥을 한다면 충분히 10레벨을 만들어 낼 수 있을 터.

10레벨이 되어 카르세우스까지 소환한다면, 혼자서도 '차원술사들의 제단'에 도전해 볼 만하다는 것이 이안의 판단이었다.

'역시 RPG의 기본은 파밍이지.'

정말 숨 고를 새도 없이 미친 듯이 악령들을 학살하는 이안.

그리고 그렇게 7레벨을 달성했을 때, 이안은 미련 없이 양식장을 떠날 수 있었다.

2레벨의 서리악령을 처치함과 동시에, 새로운 시스템 메시지가 떠올랐기 때문이었다.

-5레벨 이상 차이나는 몬스터로부터 경험치를 획득할 수 없습니다.

물론 3레벨의 악령들로부터는 아직 유의미한 수준의 경험치를 획득할 수 있었지만, 사냥 효율이 절반 이하로 급감하게 된 것.

"으음……. 증식시켜 놓은 친구들만 싹 처치하고 이동해야겠어."

이제 7레벨이 된 까망이는 순식간에 남은 악령들을 전멸시켰고, 이안은 악령들의 사체가 널린 공터에 잠시앉아 인벤토리를 정리하기 시작하였다.

악령들을 워낙 많이 처치했다 보니, 제법 많은 잡템들이 인벤토리에 쌓인 것이다.

"으, 쓸모없는 잡템들을 왜 이렇게 많이 주는 거야? 신비상인한테 가져가면 팔리기는 하려나……."

악령들로부터 획득한 아이템들이 마음에 들지 않는지, 연신 구시렁거리는 이안.

그런데 인벤토리의 정리가 끝나 갈 무렵, 이안의 눈에 새로운 장비 아이템 하나가 발견되었다.

워낙 정신없이 사냥해서인지 장비 아이템이 드롭된 것조차 몰랐던 것이다.

"……!"

이안은 망설임 없이 아이템을 집어 들어 정보를 확인해 보았고, 기분 좋은 표정이 될 수밖에 없었다.

악령으로부터 드롭된 장비가, 무려 '희귀(초월)' 등급이기 때문이었다.

미니 맵에 푸른 빛깔의 점으로 표시되어 있는 '차원술사들의 제단'.

악령 증식을 활용하여 순식간에 7레벨을 달성한 이안은, 제단의 좌표를 향해 거의 직선상으로 이동하였다.

추가 파밍을 굳이 하지 않더라도 지금 스펙으로 제단을 한 번 공략해 수 있을 것이라고 판단한 것이다.

'차원술사들의 제단 공략 적정 레벨은 분명 4~6이었어. 내 레벨이면 혼자서도 충분히 비벼 볼 만할 거야.'

이안은 손에 들려 있는 단검을 한차례 슬쩍 보고는 씨익 웃었다.

지금 이안이 자신감 넘치게 제단으로 향할 수 있는 데에는, 레벨도 레벨이지만 이 단검의 영향이 무척이나 크다고 할 수 있었다.

날카로운 서리 단검

분류 : 단검 **등급 :** 희귀(초월)
착용 제한 : 초월 3레벨 (영웅의 협곡)
공격력 : 145~160
내구도 : 75/75
옵션 : 힘 +5(초월) 민첩 +25(초월)
이동속도 +15퍼센트 치명타 확률 +20퍼센트
치명타 피해량 +45퍼센트
–고유 능력
서리 칼날의 표식
적에게 치명적인 피해를 입힐 때마다 대상에게 '서리 칼날의 표식'을 각인시킵니다.
서리 칼날의 표식이 각인된 적은 5퍼센트만큼 움직임이 둔화됩니다.
*둔화 효과는, 최대 15회까지 중첩됩니다.
*표식이 5회 이상 중첩된 적을 공격할 시 공격력의 50퍼센트만큼의 위력을 지닌 냉기 피해를 추가로 입힙니다.
사나운 서리악령의 발톱으로 만들어진 단검입니다.
서릿발같이 차가운 기운이 응축되어 있으며, 무척이나 날카로운 예기를 뿜어내고 있습니다.
*유저 '이안' 에게 귀속된 아이템입니다.
다른 유저에게 양도하거나 팔 수 없으며 캐릭터가 죽더라도 드롭되지 않습니다.
*영웅의 협곡 전용 아이템입니다. 영웅의 협곡 안에서만 사용할 수 있으며, 전장이 종료되면 아이템은 사라집니다.
판매 가격 : 875차원코인

물론 '단검'류의 무기는 이안이 평소에 잘 사용하지 않던 종류의 장비이다.

때문에 너무 당연하게도 단검보다는 '보주'가 드롭되는 것이 이안에게 훨씬 더 이상적일 수밖에 없었다.

하지만 그 많은 종류의 장비들 중에 소환술사 전용 장비가 드롭될 확률은 낮을 수밖에 없었고, 이안은 이 단검만으로도 충분히 만족하였다.

'초반 장비치고 공격력도 상당히 준수하고, 무엇보다 옵션이 아주 마음에 드는군.'

최근에 죽창을 활용하느라 조금 바뀌어 있긴 했지만, 이안의 원래 전투 스타일은 기동성을 바탕으로 적을 농락하는 것이었다.

그리고 그런 의미에서, 이 서리 단검은 무척이나 이안에게 잘 맞는 아이템이었다.

'무기에 이동속도가 붙어 있는 건 흔치 않지. 단검이라 치확 치피는 베이스로 깔려 있고, 고유 능력도 아주 적절해.'

무기에 붙어 있는 고유 능력을 활용해 적의 움직임을 둔화시키고, 약점을 정확히 공격하여 확정적으로 치명적인 피해를 입힌다.

이 깔끔한 시나리오를 머릿속으로 떠올린 이안은, 절로 흥이 나는 것을 느꼈다.

'9레벨 찍으면, 약점 포착 스킬부터 활성화시켜야겠어. 어차피 찍으려 했던 스킬이지만, 단검 효율 극대화를 위해서라

도 좀 빨리 활성화하는 게 좋겠군.'

이안은 머릿속으로 이런저런 그림을 그려 보면서 최대한 빠른 움직임으로 서쪽을 향해 계속 이동하였다.

물론 이동하는 중에 몬스터들도 지속적으로 등장하였지만, 이안의 단검이 두세 번 그어질 때마다 그대로 까만 잿빛이 될 수밖에 없었다.

계속해서 깊은 곳으로 들어가도 몬스터들의 레벨은 5를 채 넘지 않았기 때문에, 7레벨인 데다 희귀 무기까지 장착한 이안의 공격력을 버틸 수 없었던 것이다.

물론 경험치는 얼마 오르지 않았지만 상관없었다.

이안은 지금 향상된 스펙을 가지고, '차원술사들의 제단'을 빨리 트라이해 보고 싶은 마음뿐이었으니까.

"레비아 누나, 힐!"

"훈아, 왼쪽 차원술사 좀 잡아 줘!"

"마지막이야! 유신, 어그로 좀!"

다급한 외침들이 쉴 새 없이 울려 퍼지는 높다란 첨탑.

빙글빙글 계단이 둘러 있는 높은 첨탑의 꼭대기에는, 로터스 길드 팀의 다섯 명이 치열한 전투를 벌이고 있었다.

"여기만 뚫으면 끝이야!"

"으, 레벨 좀 더 올리고 올 걸 그랬나. 생각보다 난이도가 높네."

"그러게 다음에는 못해도 4레벨은 전부 찍고 트라이해야겠어. 이거 3레벨 섞인 상태로 왔더니 엄청 빡세네."

차원술사들의 제단은, 아찔할 정도로 높은 첨탑의 모습을 한 건축물이었다.

그리고 이 제단을 파괴하기 위해서는, 꼭대기에 있는 차원 마석을 폭발시켜야 한다.

꽈배기같이 첨탑을 휘감으며 꼭대기까지 이어진 좁은 계단을 통해 탑을 올라야 하고 말이다.

"여기 너무 좁아서 차원 마력구 피하기가 어려우니까, 일단 어떻게든 위로 올라가 보자."

"알겠어, 형!"

헤르스의 오더에 앞에 있던 밀랍병사를 밀쳐 낸 유신이 빠르게 계단을 뛰어올랐다.

이어서 그의 앞을 열어 주기 위해, 레미르와 훈이가 연달아 마법을 퍼부었다.

"파이어 스톰!"

"다크니스 윙!"

파이어 스톰과 다크니스 윙은, 완전히 다른 속성의 마법이지만 비슷한 효과를 가진 마법이기도 했다.

두 마법 모두 전방의 적들을 밀쳐내는 넉백 효과가 있는 마법이기 때문이다.

"휴우, 여기 클리어하려고 다크니스 윙 선택한 게 잘한 일인지 모르겠네."

훈이의 중얼거림에, 옆쪽에 있던 레미르가 짧게 핀잔을 주었다.

"쓸데없이 플라이 마법까지 찍은 나보단 네가 낫잖아."

"그건 그렇지만……."

처음 이 탑을 발견했을 때, 레미르는 하늘을 날 수 있는 플라이 마법을 개방했었다.

첨탑의 꼭대기까지 플라이 마법으로 날아올라 차원 마석만 빠르게 폭파시킬 생각으로 말이다.

하지만 그 시도는 최악의 결과를 낳고 말았다.

레미르가 하늘로 떠오른 순간, 숲속의 곳곳에 포진되어 있던 대공포가 불을 뿜기 시작했으니까.

한 대만 맞아도 바로 즉사할 것 같은 어마어마한 포격 세례에, 레미르는 황급히 지상으로 내려올 수밖에 없었고 말이다.

두 마법 딜러의 구시렁거림을 들은 헤르스가 고개를 절레절레 저으며 입을 열었다.

"둘 다 쓸데없는 이야기하지 말고 전투에 집중해. 그런 건 일단 여기 클리어하고 나서 생각하자고."

"칫. 알겠어, 형."

"그러도록 합죠, 마스터님."

여하튼 그러한 슬픈 상황과는 별개로 두 마법사가 시전 한 전방위 넉백 마법이 연달아 쏘아지자, 계단을 막고 있던 밀랍병사들이 추풍낙엽처럼 아래로 떨어져 내렸다.

그리고 돌진 기술을 발동시킨 유신이 기다렸다는 듯 그 사이사이를 뚫고 계단을 뛰어올랐다.

타탓—!

물론 아슬아슬하게 떨어지지 않은 밀랍병사들도 간혹 있었지만, 그 정도는 유신의 주먹으로 충분히 커버가 가능하였다.

—고유 능력, 폭뢰권이 발동합니다.

퍽— 콰쾅— 쾅—!

경쾌한 타격음과 폭발음이 동시에 울려 퍼지며, 유신의 주먹에 맞은 밀랍병사가 계단 아래로 떨어져 내렸다.

이어서 결국 꼭대기까지 근접한 유신의 신형이 금빛 물결에 휩싸이며 바람처럼 움직이기 시작하였다.

전사 클래스의 톱 티어 고유 능력 중 하나인 '순보'가 발동된 것이다.

쐐애액—!

이동 방향으로 연속해서 세 번 순간 이동하듯 움직일 수 있는 스킬인 순보.

결국 순보를 발동시킨 유신은 탑의 꼭대기에 올라설 수 있었고, 이윽고 그의 눈앞에 커다란 '차원 마석'이 모습을 드러내었다.

차원 마석 : 내구도 9,999/9,999

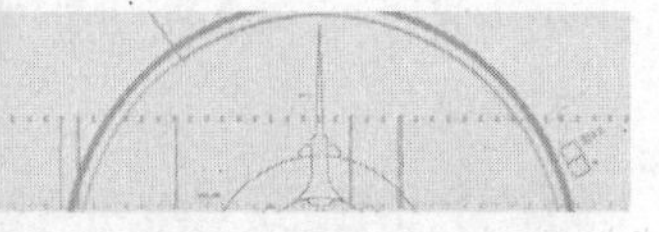

그리고 차원 마석의 무지막지한 내구도를 확인한 유신은 주먹을 내지르며 파티원을 향해 소리쳤다.

"다들 빨리 올라와! 이거 내구도가 9천이 넘는다고!"

물론 유신 혼자서도 몇 분 정도 주먹질을 하다 보면 파괴할 수 있는 수준의 내구도기는 했지만, 지금은 시간이 많지 않았다.

넉백 기술로 아래층에 떨어뜨린 밀랍병사들과 차원술사들이 올라오기 전에, 빨리 파괴해야만 했기 때문이다.

만약 차원 마석이 파괴되기 전에 포위된다면 적잖이 난감한 상황에 봉착하게 될 것이니까.

그런데 유신이 파티원을 향해 소리친 바로 그 순간.

띠링-!

당황스러운 내용을 담은 시스템 메시지가 모두의 눈앞에 떠올랐다.

-조건이 일부 충족되었습니다.

-남아 있는 차원술사들의 제단 : 1/2

-차원술사들의 제단을 전부 파괴하면, 승리의 협곡을 막고 있던 결계가 오픈됩니다.

분명히 아직 차원 마석이 멀쩡함에도 불구하고, 마치 제단을 파괴했을 때 떠오를 법한 메시지가 파티원의 눈앞에 떠오른 것이다.

"뭐야? 유신 형, 벌써 파괴한 거야?"

계단을 오르던 훈이의 외침에 유신이 어이없다는 듯한 목소리로 다시 소리쳤다.

"그럴 리가 없잖아, 인마! 이거 내구도가 거의 1만이라고!"

"그럼 이 메시지는 대체 뭔데?"

"몰라. 조건이 충족되었다잖아. 차원 마석 발견해서 생성된 메시지인가 보지."

"그, 그런가?"

어찌됐든 메시지에 대해 더 길게 생각해 볼 시간은 없었기 때문에, 헤르스를 비롯한 일행은 빠르게 차원 마석을 향해 내달렸다.

그리고 모든 공격 마법과 고유 능력을 동원하여, 차원 마석을 두들기기 시작하였다.

퍼펑- 펑-!

콰아앙-!

-차원 마석의 내구도가 382만큼 감소합니다.

-차원 마석의 내구도가 199만큼 감소합니다.

-차원 마석의 내구도가…….

……후략……

그리고 그렇게 1분 정도의 시간이 흘렀을까?

“건방진 침입자 놈들! 감히 마석을 부수려 하다니!”

일행을 뒤따라 계단을 올라온 차원술사들의 격노한 목소리가 울려 퍼졌지만, 이미 차원 마석의 내구도는 바닥까지 깎여 있었다.

“안타깝지만, 이미 다 부쉈다고.”

차원술사를 조롱하며, 마지막 공격 마법을 캐스팅하는 훈이.

이어서 다음 순간.

콰아앙-!

훈이가 캐스팅한 어둠 마법이 발동됨과 동시에, 견고하기 그지없던 차원 마석에 균열이 생기기 시작하였다.

쩌적- 쩍- 쩌엉-!

수십 갈래 조각으로 부서지며, 그 사이사이로 보랏빛 광채를 뿜어내는 거대한 차원 마석.

이어서 일행을 포위하던 수많은 밀랍병사들과 차원술사들은, 그 광채와 함께 허공으로 증발하였다.

“크아악- 원통하다!”

“침입자에게 마석을 내어 주다니……!”

그리고 깔끔하게 퀘스트가 마무리된 것을 확인한 헤르스는 이마에 흐르는 땀을 닦아 내며 인벤토리를 오픈하였다.

정신없이 싸우느라 어떤 아이템들을 획득했는지조차 아직

확인하지 못했기 때문이었다.

하지만 그가 인벤토리의 첫 번째 아이템을 채 확인하기도 전.

우르릉- 쿠르르릉-!

요란한 진동 소리와 함께 일행의 눈앞에 새로운 시스템 메시지가 떠올랐다.

띠링-!

-차원 마석이 파괴되어 '차원술사들의 제단'이 무너지기 시작합니다.

-마석이 사라지고 생성된 워프 포털에 입장하여, 제단에서 피신해야 합니다.

-제단이 무너지기까지 남은 시간 : 7초

-시간 내에 피신하지 못한다면 높은 확률로 사망할 수 있습니다.

메시지가 떠오르자마자, 헤르스와 일행들은 정신없이 포털을 향해 뛰어들었다.

힘겹게 퀘스트를 클리어해 놓고 허무하게 죽어서는 안 되니 말이다.

그리고 그렇게 긴박하게 이동하느라 정신이 없던 것인지, 이어서 떠오른 다음 메시지를 아무도 발견하지 못하였다.

-'차원술사들의 제단'이 성공적으로 파괴되었습니다!

-남아 있는 차원술사들의 제단 : 0/2

-모든 '차원술사들의 제단'을 성공적으로 파괴하셨습니다!

-승리의 협곡을 막고 있던 결계가 오픈됩니다.

–결계가 사라진 자리에 차원 마수 '오르크'가 소환되었습니다.

"후우, 다들 정비는 끝났지?"

"오케! 난 끝남!"

"저도 끝났어요, 누나."

"나도 끝!"

차원술사들의 제단을 성공적으로 파괴한 일행은 빠르게 정비를 마쳤다.

영웅의 협곡에 시간제한 같은 것은 없었지만, 빨리 승리할수록 랭킹 점수가 높게 등재될 것이기 때문이었다.

"헤르스, 이안이한테는 메시지 보내 봤어?"

"응. 방금 나랑 대화했는데, 준비되는 대로 텔레포트 쓰라는데?"

"좋아, 그럼 바로 움직여 보자고."

"예썰! 이번에는 두 번째니까 요령도 좀 생겼고……. 더 쉽게 클리어할 수 있겠지."

마지막으로 생명력 회복이 전부 끝난 유신이 자리에서 일어나자, 레미르를 제외한 다섯 명은 한자리에 모여 이동할 준비를 하였다.

그리고 그 옆에 선 레미르는 숙련된 솜씨로 빠르게 마법진을 그려 내었다.

우웅— 우우웅—!

이어서 그려진 마법진의 사이사이로, 새하얀 빛이 흘러나오기 시작하였고…….

파앗—!

새로운 시스템 메시지와 함께 일행의 그림자는 오간 데 없이 사라져 버렸다.

—파티원 '레미르'가 이동 마법 '매스 텔레포트'를 시전하였습니다.

—파티원 '이안'이 위치한 좌표로 순간 이동 합니다.

짧은 메시지와 함께 어지럽게 일그러지는 눈앞의 공간들.

그리고 잠시 후.

"읏차!"

일행들은 처음 보는 장소로 순식간에 워프했고, 곧바로 낯익은 얼굴을 발견할 수 있었다.

그 낯익은 얼굴은 당연히도 이안이었다.

"좋아, 바로 두 번째 제단 트라이해 봅시다!"

파이팅 넘치는 유신의 말에, 옆에 있던 훈이가 이안을 응시하며 고개를 끄덕였다.

"이안 형도 있으니까 이번엔 금방일 거야."

하지만 두 사람의 말에, 이안은 손가락을 까딱일 뿐이었다.

"너네 뭐라는 거냐."

"……응?"

"두 번째 제단은 너희들이 클리어하고 왔잖아."

"……!"

"여긴 승리의 협곡 입구고, 이제 저기 있는 중간 보스를 잡을 차례라고."

어딘가를 손가락으로 가리키며, 어깨를 으쓱하는 이안.

그리고 이안의 말을 들은 일행들은 벙찐 표정이 될 수밖에 없었다.

로터스 파티가 클리어한 제단이 두 번째 제단인 이유는 간단했다.

그들이 그곳을 클리어하기 전에 이안이 첫 번째 제단을 클리어했으니 말이다.

"대체 어떻게 그럴 수가 있는 거야?"

"헐, 아니 혼자서 대체 무슨 짓을 한 거임?"

"혼자 트라이할 생각 없다며! 좌표 찍고 우리 기다릴 거라며……!"

배신감(?)에 항의하는 팀원을 향해, 이안은 어깨를 으쓱하며 대꾸하였다.

"어쩌다 보니 그렇게 됐어. 좋은 게 좋은 거잖아."

"……."

"쓸데없이 시간 낭비하지 말고, 빨리 오르크나 트라이하자고."

어떻게 된 영문인지는 알 수 없었지만, 일단 일행은 고개를 끄덕였다.

이안의 말처럼, 지금 그가 어떻게 제단을 홀로 클리어했는지는 중요한 것이 아니니 말이다.

어떻게 된 일인지는 전장에서 승리한 뒤 YTBC 재방송을 확인하면 될 터.

다만 걱정되는 것은 제단조차 겨우 클리어한 지금의 스펙으로 오르크에 도전해도 되는 것인가 하는 거였다.

"근데 이안아, 지금 우리 레벨로 바로 중복 트라이해도 되는 거 맞아?"

"너희 레벨 몇인데?"

"제단 클리어하면서 다들 폭업했으니까, 훈이랑 레미르 누나가 6레벨. 나머지는 5레벨."

헤르스의 말에, 이안은 뒷머리를 긁적이며 대답했다.

"흐음……. 조금 낮기는 하네."

"넌 레벨 몇인데?"

"난 9레벨이지."

"헐……."

"오르크가 7레벨이니까, 한번 트라이해 보자고. 안 되면

튀면 되니까."

영웅의 협곡에서는, 아군이라 할지라도 겉으로 레벨이 드러나지 않는다.

물론 따로 설정해서 아군에게만 레벨을 보여 주도록 할 수 있기는 하지만, 이안 일행의 설정은 현재 기본 설정이었으니 말이다.

때문에 이안의 레벨을 듣고 또 한 번 기겁한 파티원.

그러나 그것과 별개로, 든든한 마음이 드는 것은 사실이었다.

'역시 이안갓…….'

'역시 이 형이 있으면 보험 들어 놓은 기분이라니까.'

'저 괴물이랑 같은 길드여서 다행이야.'

여하튼 차원 마수 '오르크'를 트라이해 보기로 결정한 일행은, 신속하게 협곡 안쪽으로 진입하여 들어갔다.

그러자 멀찍이 보이던 괴수의 형상이 점점 더 또렷이 시야에 들어오기 시작하였다.

"생긴 건 딱 오크 같은 느낌인데……."

"엄청 크네."

"오크 주제에 갑옷도 입고 있어."

저마다 한마디씩 중얼거린 일행은 녀석과 가까워지자 자연스레 대형을 잡았다.

이미 수없이 많은 파티 플레이를 해 본 그들이었기에, 누가 따로 오더하지 않아도 각자의 역할을 알고 있었다.

"자, 일단 선타는 내가 날린다! 레미르 누나랑 훈이는 캐스팅 준비하고!"

"알겠어!"

"알겠어, 형!"

훈이와 레미르가 마법을 캐스팅하기 시작하자, 이안은 곧바로 화염시를 소환하였다.

화르륵—!

그리고 9레벨이 되면서 개방한 '약점 포착' 고유 능력까지 동시에 발동되었다.

'자, 미간을 정확히 뚫어 주마.'

신체 곳곳에 붉게 빛나는 약점 부위를 겨냥한 뒤, 신중하게 활시위를 당기는 이안.

이어서 그는 여느 때와 마찬가지로 빠르게 활시위를 튕기기 시작하였다.

피핑— 피피핑—!

이안의 활시위를 떠난 불화살들은 여지없이 오르크를 향해 쏟아져 들어갔고, 시원하게 녀석의 머리통에 틀어박혔다.

파팍— 팍—!

—차원 마수 '오르크'에게 치명적인 피해를 입혔습니다!

—차원 마수 '오르크'의 생명력이 364만큼 감소합니다.

—차원 마수 '오르크'의 생명력이 419만큼 감소합니다.

-차원 마수 '오르크'의 생명력이 399만큼 감소합니다.

……후략……

물론 '중간 보스'라는 타이틀과 어울리게, 이 정도의 공격으로 별다른 타격을 입지는 않는 오르크였다.

표식까지 폭발하였음에도 생명력 게이지가 쥐꼬리만큼 줄어드는 것을 확인한 이안은, 곧바로 단검을 빼어 들며 녀석을 향해 뛰어들었다.

타탓 탓-!

곧 훈이와 레미르가 캐스팅한 공격 마법들이 작렬할 테니, 그 틈을 노려 약점에 일격을 꽂아 넣으려는 것이다.

그리고 막 본격적인 전투가 시작되려던 그때.

이안 일행의 눈앞에 새로운 시스템 메시지가 떠올랐다.

띠링-!

-차원 마수 '오르크'가 분노합니다.

-'오르크'의 방어력이 10퍼센트만큼 감소하며, 방어력을 제외한 모든 전투 능력이 10분 동안 25퍼센트만큼 상승합니다.

-오르크의 움직임이 30퍼센트만큼 빨라집니다.

오르크의 레벨은 7이다.

그리고 이 말인 즉, 오르크를 처치하기 위해 필요한 최소한의 평균 레벨이 7레벨 정도라는 것이다.

9레벨인 이안을 제외하고 생각해 본다면, 정말 무모하기 그지없는 도전인 것.

하지만 문제는 이안의 레벨이 9레벨이라는 점과 그의 소환수들도 전부 8레벨 이상이라는 것이었다.

게다가 이안의 손에, 이 구간에서 가지고 있기 힘든 '날카로운 서리단검' 아이템이 들려 있다는 것도 커다란 변수 중 하나였다.

'이런 초근거리 무기 들고 보스 잡으러 뛰어드는 건 진짜 오랜만인데…….'

단검은 카일란에 존재하는 무기들 중 가장 사정거리가 짧은 장비이다.

암살자 클래스처럼 '은신'류의 스킬을 가진 것이 아니라면, 안정적으로 딜을 뽑아내기 무척이나 어려운 무기인 것이다.

부우웅-!

듣는 것만으로도 섬뜩할 정도로 무서운 파공음을 뿜어내며, 오르크의 거대한 몽둥이가 이안의 옆에 떨어져 내렸다.

쾅-!

이어서 그것을 아슬아슬하게 피해 낸 이안은 허공으로 도약하여 오르크의 흉부를 향해 달려들었다.

하지만 녀석의 심장에 단검을 꽂아 넣으려던 찰나.

크허엉-!

오르크가 거대한 입을 쩍 하고 내벌리며, 이안을 향해 머리를 들이밀었다.

인간형 몬스터에게서는 보기 힘든, 변칙 공격이 발동한 것이다.

"……!"

자칫 잘못하면, 무식한 오르크의 이빨에 물어뜯길 수도 있는 상황!

이안조차도 예측하지는 못했던 상황이었지만, 그렇다고 대처가 불가능한 것은 아니었다.

침착하게 검을 회수한 이안은 녀석의 턱을 걷어 차 올리며 다시 뒤쪽으로 빠져나왔다.

퍼억-!

그것은 마치 서커스단의 묘기를 보는 것 같은 움직임이었다.

'크, 역시 스릴 넘치는군.'

이안의 입가에는 옅은 미소가 걸려 있었다.

비록 공격 시도는 실패로 돌아갔지만, 이안이 녀석의 시선을 끌어 준 덕에 레미르와 훈이의 마법 공격이 제대로 작렬했으니 말이다.

이마에 흘러내리는 한 줄기 땀을 닦아 낸 이안은, 다시 녀석의 빈틈을 노리기 위해 주변을 빙글빙글 돌기 시작했다.

그리고 기사 클래스인 헤르스의 '도발' 스킬이 발동함과 동시에 오르크의 옆구리를 향해 또다시 빠르게 내달렸다.

파팟-!

번개처럼 빠른 속도로 오르크의 지근거리까지 뛰어들며, 단검을 뽑아 든 이안.

보스에 준하는 몬스터답게 금방 도발에서 벗어난 오르크가 다시 이안을 돌아보았지만, 이 정도는 이안의 예측 범위 안에 있었다.

"까망이, 어둠의 날개!"

푸르릉-!

녀석의 몽둥이가 다시 휘둘리기 전에, 까망이의 고유 능력을 먼저 발동시킨 것이다.

비록 잠깐 동안이기는 하지만, 확정적으로 대상을 '공포' 상태에 빠뜨리는 까망이의 고유 능력.

오르크의 몽둥이는 허공에서 멈칫할 수밖에 없었고, 그 틈에 이안의 단검은 오르크의 목덜미에 깊숙이 틀어박혔다.

촤락-!

-차원 마수 '오르크'에게 치명적인 피해를 입혔습니다!

-'오르크'의 생명력이 1,029만큼 감소합니다.

-조건을 충족하였습니다.

-고유 능력 '서리 칼날의 표식'이 발동합니다.

-차원 마수 '오르크'에게 '서리 칼날의 표식'이 각인되었습니다.

–'오르크'의 움직임이 5퍼센트만큼 둔화됩니다.

표식이 생성된 것을 확인한 이안의 입꼬리가 가볍게 휘어졌다.

치명타와 함께 적지 않은 대미지가 들어갔지만, 그것보다도 지금은 표식을 쌓는 것이 훨씬 중요하기 때문이었다.

그리고 떠오른 대미지를 확인한 파티원의 눈은 휘둥그레졌다.

"미친, 딜이 벌써 왜 저래?"

"레벨 차이 때문인가? 아무리 그래도 그렇지……."

레미르와 훈이의 마법이 녀석에게 입힌 피해는 고작 600언저리였다.

그것들과 비교하면, 거의 두 배에 가까운 대미지를 뽑아낸 것.

레벨이 두 배 차이나 다름없으니 그 정도는 당연하지 않냐고 이야기할 수도 있겠지만, 그것은 잘못 알고 하는 말이었다.

훈이와 레미르의 공격은 높은 계수를 가진 마법 공격이었고, 이안의 방금 공격은 평타 공격에 불과했으니 말이다.

하지만 파티원이 놀라는 것과는 별개로 이안은 곧바로 다음 공격을 집어넣기 위해 움직이고 있었다.

'딱 대여섯 번만 제대로 맞추면 돼. 그럼 게임 끝이야.'

이안이 지금 믿고 있는 것은, 서리 칼날의 표식 중첩 효과였다.

표식이 중첩될 때마다 녀석은 더욱 굼떠질 것이었고, 여섯 번 정도의 중첩이면 움직임이 확연히 느려질 테니 말이다.

수치상으로도 여섯 번의 둔화 중첩이면 분노 효과로 인한 움직임 버프가 상쇄될 수준.

더해서 최대 15회까지 중첩되는 서리 칼날의 표식은 녀석을 굼벵이로 만들어 줄 것이었다.

특정 기간 동안 매주 한 번씩 정해진 날에 오픈되는, 영웅의 협곡 순위 결정전.

그러나 순위 결정전에 도전 가능한 날이 정해져 있다고 해서 입장할 수 있는 시간까지 정해져 있는 것은 아니었다.

전날까지 팀 단위로 신청서만 넣어 놓으면, 해당 일 아무 때나 순위 결정전 도전을 시작할 수 있었다.

다만 로터스 팀이나 타이탄 팀과 같이 방송 일정이 잡혀 있는 경우, 서로 일정이 겹치지 않게 시간을 맞춰서 전장에 입장했던 것.

때문에 한국 게임 방송에 방영되지 않는 해외 서버의 랭커 팀들 중에는 로터스와 같은 타임에 전장에 입장한 팀들도 제법 있었다.

하여 해외 스트리머들 중에는 같은 타임에 전장을 시작한 여러 팀들의 영상을 동시에 스트리밍하여 방영하는 스트리머도 있었다.

"자, 왼쪽은 영국 서버의 상위 길드인 '체이서' 길드의 영상이고요, 오른쪽은 우리 이안갓의 길드이자 한국 서버의 랭킹 1위 길드 로터스, 아래쪽에 띄워 놓은 영상은 독일 쪽 랭커 길드라는데, '파블로프' 길드라고 하는군요."

-우리 이안갓은 무슨……. 솔직히 말해 봐, 너 얼굴만 하얀 김치맨이지?

-이 BJ 그동안 마음에 안 들었는데, 오늘 제 무덤을 팠네요.

-맞음. 맨날 이안이 세계 랭킹 1위라고 떠들어 대는 거 보기 싫었는데, 오늘 본인 방송에서 부정당하게 생겼음.

-크, 체이서 길드랑 파블로프 길드 중 하나라도 로터스보다 상위에 랭크되면, 저 친구 표정이 어떻게 될지 궁금함.

-쯧쯧, 아직도 현실을 부정하는 친구들이 이렇게나 많을 줄이야…….

-이안갓 전투 영상 라이브로 보고 지릴 준비나 하시죠, 다들.

카일란 영국 서버의 상위 랭커이자 주로 유럽 서버의 랭커들의 플레이를 스트리밍하여 방송하기로 유명했던 BJ인 페이온.

하지만 지난해부터 그의 스트리밍 목록에 단골로 등장하

는 서버가 하나 추가되었으니, 그것은 바로 한국 서버였다.

'크, 첫 타임부터 로터스로 시작하다니. 오늘 시청자 좀 끌어모을 수 있겠는데?'

화면의 한쪽 구석에 떠올라 있는 로터스 길드의 인장을 보며, 기분 좋게 웃음 짓는 페이온.

그는 지금으로부터 정확히 1년 전쯤 로터스 길드와 이안의 팬이 되었는데, 그 이유는 다른 것이 아니었다.

'흐흐, 이안과 로터스 덕에 구독자가 이만큼이나 늘었는데, 팬이 되지 않으려야 않을 수가 없지.'

사실 그가 처음 '이안'이라는 유저를 접한 것은, 웹상에 떠돌던 매드무비 영상 때문이었다.

'Korean Ranker's Mad MOVIE'라는 타이틀로, 짧게 편집되어 떠돌던 10여 분짜리의 짧은 영상.

그리고 그 영상에서 처음 이안을 접한 페이온은 적잖은 충격을 받았다.

10분짜리 영상의 거의 절반 정도를 차지하고 있는 이안의 전투 장면들은 지금껏 본 적 없었던 수준의, 말 그대로 '미친' 플레이들이었기 때문이다.

대다수 유럽 유저들은 '잘할 때만 편집하면 저 정도는 다들 한다'는 식의 논리로 이안을 인정하지 않았지만, 그는 달랐다.

페이온은 처음 본 순간 이안이 보여 주는 플레이들의 가치를 알아보았고, 속된 말로 '돈 냄새'를 맡은 것이다.

그때부터 페이온은 이안이라는 유저에 대한 정보를 수집하였고, 그의 영상들을 구하기 위한 루트를 찾기 시작하였다.

그러다가 결국, 한국에서 이안의 영상을 주로 편집하여 업로드 하는 '소진'까지 접촉하게 되었고 말이다.

'처음에는 수익 분배 비율이 너무 짜다고 생각했었지만, 결국 계약하기를 잘했지.'

페이온이 이안의 영상을 방송함으로 인해 얻는 수익은 거의 대부분 한국으로 넘어가게 된다.

하지만 그것과 별개로, 페이온이 얻는 이득은 상당했다.

일단 이안의 영상을 따온 뒤부터 구독자의 숫자가 폭발적으로 늘어나기 시작했으며, 광고 수익 또한 폭발적으로 증가했으니 말이다.

여하튼 그러한 이유로, 이안의 덕을 톡톡히 보고 있는 페이온.

그는 이번에 기획한 방송 콘셉트도 엄청난 호응을 불러올 것이라고 장담하고 있었다.

'이렇게 로터스를 포함해서 여러 팀의 영상을 동시에 비교하면서 방송하면, 분명히 흥미를 느끼는 구독자들이 많을 거야.'

유럽의 유저들 중에는, 아직도 이안의 능력을 과소평가하는 유저들이 많았다.

물론 이제는 예전과 달리 유럽에도 이안의 팬들이 많이 생겼지만, 그래 봐야 본토의 랭커들을 지지하는 세력이 더 많은 것은 어쩔 수 없는 것이다.

하여 페이온이 떠올린 아이디어는, 유럽 팀의 영상들과 로터스 팀의 영상을 동시에 스트리밍하는 것이었다.

쉽게 말해, '이안과 유럽 랭커들 간의 비교'라는 자극적인 콘셉트를 이용하여, 아직도 본토의 랭커들이 최고라고 생각하는 팬들을 끌어들이려는 것이다.

'이런 식으로 방송하면 자연히 어그로가 끌리겠지. 흐흐.'

당연한 이야기겠지만, 방송의 타이틀 또한, 무척이나 자극적이었다.

—'이안갓 VS 유럽 랭커들'. 영웅의 협곡 순위 결정전 라이브 중계!

그리고 이러한 페이온의 시도는 그야말로 대성공을 거두었다.

단숨에 스트리밍 사이트에서 페이온의 방송이 실시간 1위까지 치고 올라간 것이다.

방송이 시작되자마자 들어온 유럽의 유저들은 왁자지껄 채팅하며 떠들기 시작하였다.

—크, 흥미진진하네. 오늘에야말로 논란 종결 각인가.

ㅡ글쎄. 체이서 길드나 파블로프 길드가 최상위권이긴 하지만, 그래도 완전히 탑급은 아니라서…….

ㅡ체이서는 몰라도 파블로프는 탑급 맞음. 로터스인지 머시긴지, 제대로 발라 줄 수 있을 듯.

ㅡ마늘 냄새나는 코리안들, 협곡 클리어나 할 수 있으려나.

ㅡ파블로프 파이팅! 저력을 보여 달라고!

ㅡ이안, 저거 고평가가 확실함. 그냥 콘텐츠 좀 선점해서 앞서 나가는 것처럼 보이는 거지, 실력으론 유럽서버에도 뒤지지 않는 랭커들이 많음.

ㄴ맞아요. 지금까지 이안이 활약했던 건, 사실 레벨발 장비발이었음. 하지만 영웅의 협곡에선 모두가 평등하지.

ㄴ동감합니다.

방송에 들어온 시청자들 대부분은, 기세등등하여 본인들의 자국 팀을 응원하기 시작하였다.

장비발과 레벨발이 없는 영웅의 협곡이라면, 유럽 서버의 랭커들이 이안과 비교해 꿀릴 것이 없다고 생각하였으니 말이다.

하지만 그 생각이 부정당하기 시작하는 데에는 1시간도 채 걸리지 않았다.

고작 1시간 만에, 너무도 확연하고 큰 차이가 벌어지고 만 것이다.

덕분에 스트리머인 페이온을 비롯한 소수 이안의 팬들만이, 신이 나서 목소리를 높이기 시작하였다.

"아, 이게 정말 실화인가요? 로터스가 벌써 중간 보스를 잡아 버렸어요!"

"정말 믿을 수 없는 속도입니다! 체이서는 이제야 첫 번째 재단을 클리어했고, 파블로프는 이제 겨우 두 번째 재단에 도착했는데 말이죠!"

서리칼날의 고유 능력은, 보스 몬스터를 상대하기에 최적화되어 있는 능력이었다.

만약 사정거리가 짧은 단검이 아닌 활 따위의 원거리 무기에 붙었더라면 '사기'라는 수식어가 어색하지 않을 정도의 강력한 고유 능력이었으니 말이다.

때문에 이안은, 이 고유 능력의 효과를 더욱 증폭시키는 방향으로 보스 레이드를 운영하였다.

둔화 효과를 극대화시켜, 녀석을 '바보'로 만들어 버린 것이다.

–차원 마수 '오르크'가 치명적인 피해를 입었습니다.

–'오르크'의 생명력이 급격히 떨어졌습니다.

–'오르크'의 상태이상 저항력이 약해집니다.

-'오르크'의 생명력 회복 속도가 둔화됩니다.

-파티원 '레미르'의 마법, '콰그마이어'가 발동됩니다.

-'오르크'의 이동속도가 30퍼센트만큼 감소합니다.

-파티원 '훈이'의 어둠 마법 '사후경직'이 발동됩니다.

-'오르크'의 움직임이 15퍼센트만큼 감소합니다.

이안의 단검에 붙어 있는 '서리 칼날의 표식' 고유 능력.

그리고 레미르와 훈이의 디버프 마법 중첩.

이 모든 효과들이 극한까지 중첩되자 오르크의 표정에는 적잖은 당황이 어렸다.

'둔화' 계열의 디버프가 거의 극한까지 온몸을 휘감아 버리니 천근추를 달아 놓은 듯 움직이질 않았기 때문이었다.

심지어는 입을 열어 포효하는 것까지도, 마음대로 할 수 없게 되어 버린 것.

-크- 워- 어- 어- 어-!

덕분에 로터스의 딜러들은 아무런 거리낌 없이 극한의 딜을 넣을 수 있게 되었다.

말 그대로 '프리 딜' 상태가 되어 버린 것이다.

"지금이야! 둔화 풀리기 전에 털어 버리자고!"

"헤르스, 너도 그냥 가서 딜 해! 탱커 필요 없어!"

때문에 오르크의 생명력 게이지는 순식간에 바닥까지 곤두박질치고 말았다.

이쯤 되고 나니 오르크가 할 수 있는 것은 최대한 몸을 웅

크리고 가드를 올려 들어오는 피해를 최소화시키는 것뿐이었다.

퍼펑- 퍼퍼펑-!

물론 가드를 올린다고 해서 피해량이 엄청나게 감소되는 것은 아니었다.

가드로 감소시킬 수 있는 피해량의 최대치는 50퍼센트에 불과했으니 말이다.

하지만 그것조차도 이안은 결코 허용하지 않았다.

"유신, 저 녀석 가드 좀 풀어 줘!"

"오케!"

이안의 오더에, 유신이 기다렸다는 듯 뛰어올라 녀석의 팔꿈치를 후려쳤다.

퍼퍽-!

그리고 오르크의 무게중심이 흔들리자, 유신의 고유 능력이 틈을 놓치지 않고 발동되었다.

-파티원 '유신'의 고유 능력 '무장 해제'가 발동합니다.

-'오르크'의 '가드' 모션이 해제됩니다.

유신이 격투 스킬을 활용해 녀석의 가드를 풀자 까망이의 등에 탄 이안이 그대로 오르크의 전면을 향해 쇄도하기 시작하였다.

푸릉- 푸르릉-!

'어둠의 날개'로 순식간에 녀석의 목전까지 접근한 까망이는 그대로 하늘 높이 솟아올랐고, 그 위에서 뛰어내린 이안의 단검이 그대로 오르크의 정수리에 내리꽂혔다.

콰득-!

그리고 그와 동시에, 보스 레이드에 성공했음을 의미하는 메시지들이 주르륵 하고 떠올랐다.

-차원 마수 '오르크'에게 치명적인 피해를 입혔습니다!

-'오르크'의 생명력이 1,029만큼 감소합니다.

-차원 마수 '오르크'를 성공적으로 처치하셨습니다.

-경험치를 4,750만큼 획득하였습니다!

-레벨이 상승하였습니다.

-초월 10레벨이 되었습니다!

-1,050차원코인을 획득하였습니다.

……후략……

힘겹게 '차원술사들의 제단'을 클리어했던 이안을 제외한 다섯 명의 입장에서는 중간 보스라기에 허탈할 정도로 순식간에 끝나 버린 전투.

-협곡을 지키는 차원 마수 '오르크'를 처치하셨습니다.

-이제 승리의 협곡을 지날 수 있습니다.

-협곡을 넘어, 천군 진영을 지원하십시오.

무너져 내리는 오르크의 거구를 보며, 훈이가 어이없다는 듯한 말투로 이안에게 물었다.

"형, 무슨 치트키 같은 거 쓴 건 아니지?"

"쓸데없는 소리 말고 정비나 빨리 해."

"아니, 그렇잖아. 레벨도 레벨인데, 대체 고유 능력 붙은 초월 무기는 어디서 주워 온 거야?"

"몰라, 인마. 그냥 사냥하다 보니 인벤토리에 들어와 있었거든."

"후우, 내가 말을 말아야지."

하지만 대화의 내용과는 별개로, 훈이의 표정은 무척이나 활기 넘쳤다.

이안 덕분에 승리의 협곡까지, 그야말로 고속도로가 뚫렸으니 말이다.

그리고 빠르게 정비를 마친 파티원은 모두 의욕적인 표정이 되었다.

이 승리의 협곡을 넘어 선 이후부터가 본격적인 전투의 시작이라는 것을, 모두가 감으로 알 수 있었으니 말이다.

게다가 헤르스의 경우 '희귀(초월)' 등급의 방어구인 '오르크의 흉갑'까지 획득했으니, 신이 나지 않으려야 않을 수가 없었다.

"내가 볼 때 영웅의 협곡은 소규모로 만들어 놓은 RPG의 축소판이야. 결국 얼마나 효율적으로 파밍해서 빠르게 성장하느냐가 가장 중요한 요소인 것 같아."

이안의 말에 일행들은 고개를 주억거렸고, 그의 말이 다시 이어졌다.

"지금 미니 맵 보면 최전방으로 가기 전에 여기저기 소규모 필드가 존재하거든. 이걸 왜 만들어 놨을까?"

좁고 길게 이어진 승리의 협곡을 지나면, 다시 맵이 깔때기 모양으로 넓어지며 광활한 평원이 나타난다.

아직까지도 최전방 이전에, 제법 넓은 맵과 사냥터들이 존재하는 것이다.

특히 크고 작은 소규모 필드들의 중앙에는 던전이나 미니 보스를 의미하는 표식도 하나씩 박혀 있었다.

일행들은 미니 맵을 열어 이안이 말한 필드들을 찬찬히 훑어보기 시작하였고, 그런 그들을 향해 이안의 말이 다시 이어졌다.

"내 생각엔, 굳이 모두가 최전방으로 빠르게 이동할 필요는 없을 것 같아."

그에 헤르스가 의아하다는 듯한 표정으로 되물었다.

"그럼 빠르게 승리의 협곡을 통과한 의미가 줄어드는 것 아냐?"

하지만 이안은 고개를 절레절레 저으며 대답하였다.

"아니. 결코 그렇지 않아."

"어째서?"

"우리는 벌어 놓은 시간을 이용해서 최대한 성장할 거야. 전선으로 이동하는 건, 마족 장군들이 나타나면 그때 가도 늦지 않아."

잠시 뜸을 들인 이안이, 씨익 웃으며 다시 입을 열었다.

"그때까지 최대한 레벨, 장비 차이 벌려 놓고 힘으로 찍어 눌러 버리자고."

to be continued